わたしの美しい庭

凪良ゆう

ポプラ文庫

目　次　contents

わたしの美しい庭

I

目覚まし時計が鳴っている。

真夏のアブラゼミみたいなとんでもない音だ。

手を伸ばしても届かない窓辺に置いてあるので、一分ほど無視したあと、こらえきれずわたしは身体を起こすことになる。できるなら朝は夏の軽井沢を思わせる小鳥の囀りで目覚めたいけれど、わたしの寝坊癖に毎朝苦労していた統理から、目覚まし時計は本来の用途に重きを置いて選んでほしいとお願いされたのでしかたない。

　ばちんとてっぺんのボタンを押してアブラゼミを鳴きやませ、わたしはカーテンを開けて伸びをした。ぴかぴかの空だ。今日の一時間目は体育なので気持ちがよさそう。

　部屋を出ると、廊下には朝ご飯の気配が立ちこめていた。パンが焼ける香ばしい匂いに小さくお腹が鳴った。リビングから統理と路有の話し声が聞こえてくる。

「あれはどうかと思う。『女の子は変わらなくちゃ』ってどういうことだ。なんで女の子限定なんだ。あのビルにはメンズファッションも入ってるのに男の子は蚊帳の外か」

「時代感覚と多少ずれてる気はするな。時代の最先端をいってる広告会社でも、いまだに制作の上のほうには団塊世代(だんかいせだい)を引きずった古い価値観が残ってることも多いから」

なにやら怒っている路有に、統理が真面目に答えている。

おはよーとリビングに入っていくと、ふたりが振り向いた。

「おはよう百音(もね)、よく眠れたか？」

統理は毎朝同じ質問をする。

「アブラゼミが鳴くまではね。もうちゃんと起きられるから、そろそろ小鳥の目覚まし時計にしても大丈夫だと思う。こないだ雑貨屋さんでかわいいの見つけたの」

「アブラゼミでも目が覚めなくて、五年生初日から遅刻したのは誰だっけ？」

「あれは春休み明けだからカウントしないでほしい」

「たっぷりと休暇を楽しませてくれた春休みさんに責任を押しつけるのはどうだろう」

わたしは答えに詰まった。統理はいつも痛いところを突いてくる。

「ね、ダンカイセダイってなに？」

話題を変えると、統理はコーヒーカップをテーブルに置いて腕を組んだ。

「戦後第一次ベビーブームの時期に生まれた人たちのことだよ。働き盛りとバブル景気が合致したせいか、時代の最盛期を自分たちの力だと錯覚していて、やたら押しが強いのが特徴だ」

統理は腕組みのまま朝陽の差し込むベランダ窓へと目をやった。

「あの年代の人たちは、こじらすと本当に厄介なんだ。とにかく圧がすごい。海外支社向けの訓示とか、どうして表現がいちいちあんなに暑苦しいんだろう。こっちは意味に沿った訳をしてるのに暑苦しいままの直訳を求めてくるし、そういう言い回しは英語にはないので、それじゃあ意味が通じませんよと言っても聞く耳を持たない。良くも悪くも我流を貫く」

「難しい。もっと簡単に説明して」

「すまないが無理だ。今朝は頭がスポンジケーキになってる」

「また徹夜したの？　目の下が青いよ」

手のひらを瞼に当ててあげると、気持ちいいと統理はつぶやいた。統理はフリーランスの実務翻訳家で、日本語を英語にしたり、英語を日本語にしたりしている。

「じゃあ路有もダンカイセダイに怒ってたの？」

統理の目を塞いだまま問うと、俺はアレ、と路有はテレビを指さした。

『新しい服じゃないとなにもできない。女の子は変わらなくちゃ』

かわいいモデルさんがたくさん出てきて、着ていた洋服を女の子ヒーローみたいにずばっと脱ぎ捨て、新しいお洋服で颯爽と街を歩いていくというCMだった。

「百音はあのCMをどう思う？」

うーんと考えた。昨日からあちこちのチャンネルでやってるファッションビルのバーゲンCMだけれど、全体的に古い感じだし、それ以上に納得できないところがあった。

「わたしはお洋服大好きだけど、新しいお洋服じゃないとなにもできないなんて、お洋服に甘えすぎなんじゃないかな。それに今までがんばってくれた手持ちのお洋服の立場は？　去年買った花模様のシャツやストライプのワンピース、今年もたくさん着るつもりなのに」

「そのとおりだ。なんでもかんでも新しいものがいいなんて売る側の理屈だ」

統理が大きくうなずいた。

「だよね。でも新しいお洋服はいつ買ってくれてもいいんだよ」

「夏まで我慢しなさい」

さらっと却下された。頭はスポンジケーキでも、統理はこういうところはしっかりしている。

「あのCMは女にも男にも洋服好きにも失礼だ」

路有がガス台の前でオムレツを返しながら怒っている。

「路有、あのビルでよくお買い物してるよね」

「そう、ちょっと好みのスタッフがいたんだ。でも当分行く気がなくなった」

「彼氏候補だったの？」

「観賞用。彼氏候補ならこの程度じゃあきらめない」

路有がにこりと親指を立てる。路有は男の人が好きな男の人だ。

「路有、彼氏できたら紹介してね」

「百音もな」

「待て。その話は早い。百音はまだ十歳だ」

統理が口をはさんできて、わたしと路有は顔を見合わせた。統理はダンカイセダイの頭の固さを嘆(なげ)いていたけれど、恋愛に関しては統理もまあまあ古いと思う。わたしの学年にもおつきあいをしているカップルが何組もいるし、楽しそうでいいなとわたしは思っている。

「誤解しないでほしいんだが、ぼくは無下(むげ)に反対してるんじゃない。百音に本当に好きな子ができて、おつきあいがはじまったらうちにつれておいで。ぼくは百音を——」

「親代わりに見守ってくれてるんだよね」

「わかってくれていて嬉しいよ」

統理はうなずき、コーヒー片手の新聞タイムに戻った。

「あんなこと言ってるけど、百音が彼氏つれてきたら統理はショックを受けるぞ」

路有がおかしそうに耳打ちしてくる。

「昔から感情が顔に出ないから、見た目ではわからないだろうけど」

わたしはうなずいた。その日のために、わたしはなるべく統理にショックを与えないような、穏便な恋人の紹介のしかたを考えておく必要がある。

「ほい、朝飯できたぞ。食え食え」

路有が言い、わたしたちは食卓に着いた。いただきますと手を合わせる。

梅干しと紫蘇の葉とごまを混ぜたおにぎり、玉ねぎと挽肉のオムレツ、トマトサラダにはカリカリじゃこドレッシング。キャベツとベーコンのお味噌汁には、なぜかカットされたバタートーストが添えてある。一枚だけ残っていたそうで、変な組み合わせだと思ったけれど、お味噌汁に浸して食べると、じゅわっとバターの風味が口の中に広がってすごくおいしい。

「味噌とバターは合うんだ。具もベーコンにしたし」

ふふんと路有が笑う。うちの朝ご飯は路有が担当だ。路有はバーのマスターで、明け方に帰宅した流れでご飯を作ってくれる。わたしと統理には朝ご飯だけれど路有には晩ご飯で、ボリュームがあってすごくおいしい。組み合わせがでたらめなのもおもしろい。

朝ご飯のあと、わたしは小学校へ行き、路有はマンションの同じフロアにある自分の家に帰って眠り、統理はお仕事に励む。三者三様の一日がはじまる。

エントランスを出ると、駐車場に停まっている路有のバンが見えた。あれは夜になるとランプがたくさん吊り下げられたおしゃれな屋台バーになり、路有は風の吹くまま気の向くまま、毎晩車を走らせる。スナフキンみたいで憧れる。

大人になったら、わたしも毎日いろんなところでお仕事がしたい。でも統理みたいに外国の映画を字幕なしで観られるのも恰好いいし、お花屋さんもいいし動物のお医者さんもいい。ファッションデザイナーもいいけど裁縫は苦手だ。

——全部やりたいから、三百年くらい生きられたらいいのになあ。

そう言ったら、そんなきらめきに満ちた子供時代が俺たちにもあったなあとふたりから羨ましそうな目で見られた。よくわからないけど大人は大変そうだ。

小学校は楽しい。勉強して遊んで給食を食べて掃除をすると、あっという間に帰りの会だ。もう一日の半分が終わったなんて信じられない。やっぱり人生は三百年あるべきだ。これは今度の学校新聞のテーマに推薦しよう。わたしは作文が好きなので作家にもなりたい。

うちに帰ると、家の中がしんとしていた。仕事部屋を覗いたけれど統理はいない。わたしは部屋を出て階段を上がった。我が家は五階建てのマンションの五階にあって、ここまではエレベーターを使えるけれど、その上の屋上には非常階段を使う。薄暗い灰色の階段を上がり、重いドアを開けると、びゅっと風が顔めがけて吹きつける。

「統理ー、ただいまー」

声を張ると、おかえりとホースを持った統理が振り向いた。一緒にホースからあふれるシャワーもくるりと回り、屋上庭園の森に小さな七色の虹ができた。

「今日は百音のサルビアが咲いたぞ」

「白？　赤？」

「両方」

やったーとわたしは屋上庭園の一角にある『百音園』へ駆け出した。

初夏を迎え、屋上庭園は盛りへとまっしぐらだ。葉も幹もぐんぐん伸びて、緑が濃くなって、ぽんっと音がするみたいに花が咲く。わたしは統理に引き取られてから毎年一種類ずつ新しい花を植えている。チューリップ、紫陽花、モッコウバラ、スカビオサ、サルビアの五年分。

「うわあ、綺麗に咲いたねえ。かわいいねえ」

ちっちゃな鉄砲みたいなサルビアの花に話しかけていると、奥の小道から女の人が現れた。マンション住人じゃないし、いつもお参りにくる信者さんでもない。

こんにちはと挨拶をすると、長めの前髪の隙間からにらまれ、わたしはびくりと竦んだ。女の人はうつむきがちの猫背で歩いていく。向こうで統理も挨拶をしたけれど、女の人はやっぱり無視して、のそのそと人嫌いなクマのような歩き方で屋上から出ていった。

統理はなにごともなかったかのように水遣りをしている。わたしも気にしないように、でもちらっと小道の奥を見ると、同じマンションに住んでいる氏子さんが出てきた。

「加藤のおばさん、こんにちは」

「こんにちは。サルビア、綺麗に咲いてるわねえ」

普通に挨拶してもらえてほっとした。加藤さんは前を行く女の人に目をやった。

「いろいろあるから、気にしないでいいのよ」

と言う。わたしはこくりとうなずいた。

わたしたちが暮らすマンションの屋上には庭園があり、緑があふれる小道の奥には、両脇を狛犬に護られた朱塗りの祠がある。地元の人たちからは『屋上神社』とか『縁切りさん』と気安く呼ばれているけれど、正しくは『御建神社』という。今は隠居して田舎暮らしの統理のお父さんとお母さんに代わって、ひとり息子の統理が神職を継いでいる。

——神社の跡継ぎだったのに、なんで翻訳家になったの？

ここにきたばかりのころ、深い意味もなくわたしは尋ねた。

——神社経営だけじゃ、食べていくことができないからだよ。

これ以上なく現実的な答えに、わたしはぽかんとした。

全国のマイナー神社の多くは祈願料やお賽銭だけで生計を立てていくことはできず、宮司さんは他に仕事を持っていたり、退職後は年金で生活を支えてる人が多いそうだ。『神主は食わんぬし』なんていう悲しい言葉があるくらいだと統理は溜息をつき、ぼくの父も宮司をしながら中学の養護教諭をしていたんだ、と淡々と説明してくれた。

——じゃあ、うちは貧乏なの？　翻訳のお仕事なくなったらどうするの？

わたしは幼いなりに危機感を募らせた。

——大丈夫だ。祖父が対策としてこのマンションを残してくれた。神社が儲からなくても、翻訳仕事がなくなっても、家賃収入があるから百音は心配しなくていい。

——ヤチンシューニュー？

統理は子供相手にも適当にごまかすことをしない。おかげでわたしはいろんな仕組みについて、子供ながらに少しずつ理解することができた。
けれど儲かろうが儲かるまいが、統理はなにごとにも手を抜かない。翻訳のお仕事で目の下にクマを作りながらも、神職として日々ご神体に祈りを捧げ、境内(けいだい)でもある屋上庭園の樹木のお世話をし、境内の掃除や祠のお清めに勤しんでいる。

「統理、おやつにしようー」

家から持ってきたバスケットの蓋(ふた)を開け、ガーデンテーブルにお茶の用意をした。神社でお茶なんて変だけど、季節ごとの植物が美しく、天気のいい日はオープンカフェ気分を味わえる。統理がホースをきちきちと巻き取ってからこちらにやってくる。

「さっきの女の人、ちょっと怖かった」

「そう」

「こんにちはって挨拶したら、にらまれた」

「そう」

統理はなんでも話してくれるけれど、お参りにくる人たちについてはなにも言わない。

ここは縁切り神社で、いろいろな人がくる。

わたしにはまだわからない、いろいろなものを抱えた人が——。

「百音、今日のおやつはなんだい？」

「こないだ桃子（ももこ）さんにもらったカステラと、路有がお客さんからもらったハワイ土産のホノルルクッキー。それと統理の好きな梅ざらめの柿の種、とほうじ茶」

「おやつが多すぎないか？」

「夏がくる前に体力をつけておきましょうって保健のプリントに書いてあった」

「この場合つくのは体力じゃなくて脂肪のような」

「だから統理はお腹が出ないように柿の種だけね」

「なぜ太るのはぼく限定なのかな？」

「わたしは子供だし、たくさんシンチンタイシャするからいいけど、統理は屋上掃（は）く以外はずっと机に向かってるだけだからだよ。太ったらモテないでしょ」

「モテなくても気にしないけど」

そう言いつつ、統理はシャツの上から自分のお腹をさすった。

わたしは小さく笑い、カステラに敷いてある紙をそうっと剝（は）がしていく。

「カステラは、このねっとりしてるとこが甘くておいしいんだよね。だからなるべくここを保存するように、慎重に紙をめくらなくちゃいけないんだよ」

「堪能（たんのう）しなさい。食べても食べても太らない時代なんて人生でほんの少しの間だけなんだ」

「統理、かわいそう」

「で、今日は学校どうだった？」

統理が保温ポットからマグカップにほうじ茶をそそぎ、三時のおやつがはじまった。ふたりでお茶を飲みながら、わたしは今日あったことを統理に話す。甘いお菓子も好きだけれど、わたしはこの時間そのものが大好きだ。


百音ちゃんの家は変わってる、とたまに友達から言われる。

そうかなと首をかしげながら、心の中ではわたしも『変わってる』ことを知っている。

わたしのお母さんは、わたしのお母さんになる前は、統理の奥さんだった。ふたりはいろいろな事情によりお別れをして、お母さんはわたしのお父さんと再婚してわたしが生まれた。わたしが五歳のときにお母さんとお父さんが事故で死んでしまい、身内のいないわたしは統理に引き取られた。

——なさぬ仲は大変よ。しかも男手ひとつなんて。

あれは八歳のときだった。近所のおばさんたちの噂話を、わたしはたまたま盗み聞きしてしまった（ちょうどスーパーの冷凍食品売り場の真ん前で、他のお客さんから迷惑そうな顔をされていたけど、おばさんたちはへっちゃらでしゃべり続けていた）。

――見かねて引き取ったんだろうけど、統理くんも内心複雑でしょうよ。

――百音ちゃんも今はいいけど、そのうち実のお父さんに似てくるだろうしね。

――虐待（ぎゃくたい）とか物騒なことにならなきゃいいけど。

家に帰ってインターネットで『なさぬ仲』を調べてみると、血のつながらない親子という意味だった。でもおばさんたちの言葉からはもっと違うなにかを感じた。正体不明の不安で胸がざわざわして、統理の仕事部屋に駆け込んだ。あのときはノックをするのも忘れた。

――ねえ統理、統理は、ほんとはわたしのことが嫌いなの？

統理はわずかに目を見開き、椅子（いす）ごと回転してわたしと向き合った。

――ぼくはいつだって百音を愛してる。

はっきりと答え、いきなりどうしたんだいと統理は訊いてきた。おばさんたちのことを話すと、それはまたお節介なことだと統理は眉をひそめた。

――ぼくと百音の関係はぼくと百音が作り上げるものなんだから、他の人があれこれ言うことに意味はない。意味のないことを気にするのは時間の無駄遣いだ。

――でもおばさんたち、すごく心配そうに話してたよ。

――うん。でもそれは心配とはまた違うんだ。

――じゃあ、なに？

――一体なんだろうね。

統理は困った顔をして、よっこいしょとわたしを膝の上に抱き上げた。

――世の中には、いろんな人がいるんだよ。

自分の陣地が一番広くて、たくさん人もいて、世界の中心だと思っていたり、そこからはみ出す人たちのことを変な人だと決めつける人たち。わかりやすくひどいことをしてくるなら戦うこともできるけれど、中には笑顔で見下したり、心配顔でおもしろがる人もいる――。

わたしを後ろから抱っこしながら、統理はぽつぽつ話した。

難しくてよくわからなかったけれど、この先もこういうことはあるんだとわかった。わたしはスカートをぎゅっとつかんだ。なんだか悔しいのと不安がごっちゃになって、こらえきれず泣いてしまった。もう小学生なのに、赤ちゃんみたいに泣くなんて恥ずかしくて嫌だった。

だってわたしたちは助け合って暮らしている。家事と翻訳と宮司のお仕事で忙しい統理を、わたしはできるかぎり手伝いたい。わたしは七歳でもうお皿洗いができたし、ひとりで眠ることができた。わたしはそれが自慢だったのに、あのときはなんだか駄目だった。

——大丈夫だ。百音は間違ってない。

——百音はいい子だ。ぼくは百音が大好きだ。

しゃくり上げるわたしを統理は抱きしめて、ずっとゆらゆら揺らしてくれた。よしよしと髪を撫(な)でてくれた。赤ちゃん扱いが恥ずかしくて、でもぎゅっと縮こまった心が、じんわりとほどけていくように感じていた。なにがあってもここに逃げ込めば守ってもらえるんだ、ここはわたしの場所なんだと思えた。

そのあと統理が形代(かたしろ)をくれた。両手を広げた人の形をした白い紙で、真ん中にわたしはどう書こうと少し考えてから、『よくわからない灰色のモヤモヤしたもの』と感じたことをそのまま書いた。それを持って統理と屋上神社へ行き、祠の横に設置されているお祓(はら)い箱に形代をすべり落とした。統理と並んで手を打ち鳴らし、神さまに切ってくださいと祈った。

——よし、これで百音は『よくわからない灰色のモヤモヤしたもの』と縁を切れた。

わたしは目元をこすりながらうなずいた。乾いた涙のあとがかゆかった。

この屋上神社に祀(まつ)られているのは断(た)ち物の神さまで、ご神体が刀であることから昔は『御太刀(みたち)神社』と書いたらしい。病気、酒・煙草(たばこ)・賭け事などの悪癖、気鬱(きうつ)となる悪い縁、すべてを断ち切る強い神さまなので、夫婦や恋人たちはお参りしてはいけないと言われている。

たまによからぬことをお願いしにくる人もいる。『Kさんが奥さんと別れてくれますように』と書かれた形代を見たことがある。おばさんたちが、不倫よ、厚かましいわねえ、と怒っていた。フリンとはなにかと問うと、倫理に反した行いと統理は答えた。じゃあリンリとはなにかと問うと、たくさんの人が不都合なく暮らしていくためのルールと統理は答え、

——でも、ルールがすべてじゃないんだよ。

とつけ足した。

——ルールを破ってもいいの？

——よくないよ。でも、どうしても破ってしまうときが誰しもあるのかもしれない。

そういう、わたしにはよくわからないお願いごとをしにくる人もいるけれど、この神さまが切るのは悪縁だけで良縁は切らないそうだ。

嫌なことがあるたび統理に形代をもらい、そこに断ち切りたいものの名前を書いて、神さまに縁を切ってもらうのがわたしの習慣になっている。お祓い箱に入れられた形代は、あとで統理がお祓いをしてくれるので、わたしはすっきりと身軽にな

れる。

切るものがない日も、お参りだけはする。屋上に植えられているとは思えない立派な楓の木の下で、狛犬に両脇を護られた朱色の小さな祠に向かってわたしは手を合わせる。その日にあったことをお父さんとお母さんに教えてあげるよう統理から言われているのだ。

――天国のお父さん、お母さん、百音は今日も元気だよ。

実を言うと、わたしはお父さんとお母さんのことをよく覚えていない。夏の木洩れ日みたいにちらちら眩しくて、のんびりしていて、なんとなく楽しい日々だったように思うだけ。

――それでいいんだよ。幸せに決まった形なんてないんだから。

統理がそう言うから、わたしは安心してうなずける。形がないって自由でいいねと言うと、形があっても自由にしていいんだよと返される。統理の言葉は簡潔で、でもたまに難しくて、意味がわからないときもある。

わたしは、それを、ゆっくり解いていこうと思っている。

あの稲妻

連休明けの病院は忙しい。今日も一日よく働いた、おつかれさまでしたと自分で自分をねぎらって、わたしは帰りに駅前の宝くじ売り場でサマージャンボを連番で買った。

「今回こそ当たるといいね」

もう顔なじみとなった売り場の女の人が声をかけてくれる。

総合病院で医療事務として働いて十数年、いつの間にか職場では煙(けむ)たいお局(つぼね)ポジションになってしまい、落ち込んだり疲れたりしたときは宝くじを買って、一億円当たったらどうしようと夢想に耽(ふけ)るのが唯一の癒やしとなってしまった。

一等当選したら、まずは今の職場は辞める。晴れて自由の身になったら、タヒチにバカンスに行きたい。真っ青な海に出っ張るよう作られた茅葺(かやぶ)きの水上コテージ。南の島の中でも抜群に食事がおいしいと友人から聞いた。彼女は十年前に新婚旅行でタヒチへ行き、先日離婚した。月日は流れ、愛は移ろう。そうだ、彼女も誘ってふたりでタヒチへ行こう。

「桃子さん、おかえりー」

商店街を歩いていると、百音ちゃんに声をかけられた。わたしが暮らすマンションの子だ。腰まで届く明るい茶色の髪がトレードマークの美少女で、いつもおしゃれな髪型や服装をしている。父の方針で『女児はおかっぱ』と決められていたわたしの子供時代とは全然違う。

「桃子さん、お仕事帰り？」

「うん。百音ちゃんは？」

「お使い。明日の朝ご飯にオムレツ作るのにケチャップがなかったから」

「統理くん、オムレツも作れるんだ。包むの難しいのに」

「統理じゃなくて路有に作ってもらうの。統理は整理整頓とか細かいけど、手先は不器用なの。だから髪を結ったり凝ったお料理は路有担当なんだよ」

「そっか。得意分野が違うのね」

そうなのと百音ちゃんは楽しそうに言う。

じゃあね、ばいばーいと跳ねるような百音ちゃんを微笑ましい気分で見送った。

我が家は昔から父の好みで朝は和食と決まっていたので、トーストにオムレツという友達の家が羨ましかった。その父も数年前に他界し、今は母と暮らしている。いつなにを食べようともう自由なのに、長年の習慣で朝は和食でないと落ち着かない胃になってしまった。

七月に入って日が長くなった。まだまだ明るい夕景に、見慣れた自宅マンションが浮かんで見える。エレベーターで三階に上がり、ただいまと玄関を開けると、我が家にはとんと縁のない男物の革靴が並んでいた。

「ああ、桃子ちゃん、ご無沙汰（ぶさた）してます」

リビングのソファに小川（おがわ）さんが座っていた。父の古い友人で、わたしも子供のころからかわいがってもらった。挨拶をすると、いい娘さんになったねえと小川さんは目を細める。

「桃子、ちょっと座りなさい。小川さんがいいお話を持ってきてくださったのよ」

それだけでぴんときた。ちらりと見たテーブルには、やはりお見合いの釣書（つりがき）らしきものが出ている。案の定、小川さんの奥さんのご縁で回ってきたお話だという。

「おせっかいだって思ったんだけど、お相手の方、とてもよさそうな人なんだよ。桃子ちゃんよりひとつ上の四十歳、総合病院の放射線技師をしている方だから、医療事務をしてる桃子ちゃんとは話が合うかもと思ったんだ。奥さんの仕事への理解も深い方らしくてね」

そうなんですか、とわたしは曖昧（あいまい）な笑みを返した。働くことを『理解する』だなんて今どきお優しいことで……とは言えない。これは世代的な考えの差で小川さんに悪気はない。

「ありがとうございます。でもわたしにはすぎたお話なので」

　定型文で抵抗を試みたけれど、そんなことはないよ、桃子ちゃんはとてもいいお嬢さんだと家内（かない）といつも言ってるんだよと逆に励まされてしまった。小川さんは善（い）い人であり、父が亡くなったあともこうして折々に心華やぐ（と小川さんは思っている）話を持って訪ねてくれる。

「小川さんは奥さん共々、あなたを実の娘みたいに思ってくれてるのね」

　小川さんが帰ったあと、ありがたいわねえと母親がつぶやいた。小川さん夫妻には息子がひとりいるが、留学中に知り合ったカナダ女性と結婚して今も向こうで暮らしている。

「じゃあ、お話進めておくわね」

「え、ちょっと待って」

「もう待ってられる年じゃないでしょう」

　容赦ない返しだった。

「桃子、親はいつまでも元気でいられないのよ」

　しみじみとした口調で、母親のいつものアレがはじまった。

　今の母娘ふたりの暮らしは気楽だけれど、わたしもいつまで元気でいられるかわからない。そのとき娘に迷惑をかけるのは心苦しい、今のうちにケア付きマンションに入って、お友達を作って憂いなくすごしたい。けれど独り身の娘を残していくのは気がかりでしかたない。今はよくても老後は寂しい。だから四十歳になる前に頼りになる旦那さんを見つけてほしい。

「このままじゃわたしも死ぬに死ねないし、お父さんも天国で心配してるわよ」

死んだ父まで動員されては、わたしに抵抗の術はない。小川さんには昔からお世話になってるんだからと駄目押しされ、お見合いがセッティングされることとなった。


お見合いの日は、朝からよく晴れていた。

「ちょっと地味すぎないかしらね。それになによ、そのカゴみたいな鞄」

オリーブグリーンのワンピースを着て自室を出ると、母親から早速クレームが入った。

「もう少し明るい色目にしたらどう。クリーム色とかピンク色とか」

「こんなカンカン照りの日に暑苦しいわよ」

アイスコーヒーを飲んでいると、じゃあこんなのはどうかしらねと、母親が小花の刺繍が入った水色のセットアップを持ってきた。気に入って買ったはいいが若向きすぎて着る機会がなかったと言うが、あきらかに今日のために用意していたのだとわかる。

「桃子は色白だから淡い色が映えるわよ。女らしく見えるし」

「生活を共にする相手を選ぶのに、見た目だけ女らしくして騙しても意味ないでしょう」

「桃子は中身も女らしいわよ。料理も上手だし」

「女らしさと料理の腕は関係ないと思う」

「いいから、ちょっと着てみなさいよ」

「せっかく買ったんだから、お母さんが着たほうがいいわ」

急いでコーヒーを飲み干した。このままでは強制的に小花刺繍のセットアップを着た女らしいわたしを作り上げられてしまう。そろそろ行かなくちゃと鞄を持って玄関に向かう。

「まだ約束には早いんじゃない？」

「屋上でお参りしてから行く」

「お見合いの日に縁切りさんなんて縁起でもない」

「縁切りさんの下に何十年も佇んでて、いまさらでしょう」

「じゃあ、せめてそのカゴみたいな鞄だけでも替えていきなさい」

行ってきまーすと母親を遮り、わたしは家を出た。

五階まではエレベーターを使うけれど、そこから屋上へは階段でしか行けない。薄暗い階段の突き当たりにある重いドアを開けると、ぶわっと風が吹いてわたしの肩までのボブヘアを後ろへと吹き流した。発光するような緑が視界いっぱいに広がり、眩しさに一瞬目を眇める。

「こんにちは。いつもおつかれさま」

日差しの下、軍手をはめて屋上庭園の雑草をむしっている統理くんに声をかけた。向こうのベンチでは、近所のお婆さんたちが景色を眺めながらおしゃべりをしている。縁切りマンションという不吉な呼び名とは裏腹に、ここはみんなの憩いの場にもなっている。

「今の時期は大変よね。むしってもむしってもすぐ生えてくるでしょう」

「そうだね。サボると手がつけられなくなる」

顎から滴る汗を軍手でぬぐう。統理くんのことは子供のころから知っている。昔からきっちりした子だったけど、三十代半ばになった今はもっときっちりしている。

「お参りさせてもらいます」

そう言うと、ごゆっくりと返された。

わたしは庭園の奥へ向かった。ゆるく曲がった砂利の小道の両脇に紫陽花が植えられている。青から紫のグラデーションが美しい。わたしが高校生だったころ、ここにはノリウツギが植えられていた。紫陽花に似ていて、どこか野性味のある大きな花がわたしは好きだった。

あのころ植えられた楓もずいぶんと大きく育った。水遣りのあとで葉先から滴った水が下生えを瑞々しく光らせている。ツユクサの青、ネジバナの赤紫、ハンゲショウの白。

季節それぞれに見応えのある庭園は、統理くんのお祖母さんとお母さんが丹精込めて作り上げた。先代の宮司夫妻が引退すると聞いたときは心配したけれど、あとを継いだ統理くんは見事に美しい庭を維持している。正直、宮司というより庭師といってもいいほどだ。

マンションの屋上に神社が、しかも縁切り神社があると言うと怖がる人も多い。けれどオーナー兼宮司である国見家の管理が行き届いていて住み心地はとてもいい。屋上ではオープンカフェ気分でお茶を飲めるし、お参りにくる人に開放されているのでセキュリティ面で物騒だと言う人もいるけれど、ここで暮らして数十年、大きな問題が起きたことはない。

もともとはマンションが建っている敷地すべてが神社だったそうだけれど、戦争の空襲で建物が焼失してしまった。生きていくだけでも大変な時代、それでもご神体を投げ出すわけにはいかず、統理くんのひいお祖父さんは小さな祠を細々と祀り続けた。

それを統理くんのお祖父さんの代で土地を担保に融資を受け、マンションを建て、屋上に神社を作ることで生活と宮司の勤めを両立させた。当時はバチ当たりと陰口(かげぐち)をたたく人もいたそうだが、地上で祀ろうと空中で祀ろうと、神さまはそんなことで怒りゃしないわよとわたしは思う。どれだけ外見を整えても、肝心なのは想う気持ちだ。それが一番大事で強い。

――だからこそ、こじらせると厄介なんだけど。

朱塗りの祠の前に立ち、お賽銭を入れて手を合わせた。お見合いの成功を祈っているのではなく、心が揺れる出来事があるとここにくる。もう精神安定剤のようなものだ。そうなるきっかけとなった出来事は遠くすぎ去ってしまったのに、習慣だけが残ってしまった。

お参りをすませて小道を戻ると、百音ちゃんと路有くんがお茶の準備をしていた。

「あー、桃子さん、ワンピースすごくかわいい。バッグも今日のお天気にぴったりだね」

百音ちゃんがわたしの手元に注目する。そのとおり。本格的に暑くなってきたので、籐製(とうせい)のバッグを合わせたのだ。丸形で側面に光沢(こうたく)のあるブラックリボンが巻いてあり、見た目に反して値段はかわいくなかったけれど、夏のボーナスを当て込んで買ってしまった。

「ありがとう。お母さんにはそんなカゴやめなさいって言われたんだけど」

「こんなにおしゃれでかわいいのに？」

百音ちゃんが首をかしげる。百音ちゃんはおしゃれが大好きで、小学生らしからぬ洗練されたセンスの持ち主だ。その百音ちゃんに褒められ、わたしは救われた気分になった。

「桃子さんも一緒にアイスティー飲まない？」

グラスに氷を詰めながら路有くんが尋ねてくる。

「ありがとう。いただきます」

まだ時間があったのでご馳走になることにした。

「おーい、統理も休憩しよう。水分摂らないと熱中症になるぞ」

「ちょっと待ってくれ。あとここだけだから」

統理くんは懸命に雑草をむしっている。

「あいつ、ああいう地味な作業に凝るんだよなあ」

路有くんがおかしそうに笑う。昔から真面目な子だったから、とわたしも笑ってガーデンチェアに腰を下ろした。皺にならないよう、ふんわりとスカートを手で広げる。

「優雅だなあ。お姫さまみたい」

路有くんが言い、思いがけない言葉にわたしは焦った。

「お姫さまっていうには、とうが立ちすぎてるけどね」

照れと自虐が入り交じり、卑屈な返しをしてしまった。

「そんなことないよ。すごくかわいい」

路有くんは、わたしのみみっちい自意識などものともせずに笑う。

夏の日差しのせいではなく、じんわりと耳のあたりが熱くなっていく。

誰にも言ったことがないけれど、路有くんは笑った顔が高校時代の恋人に似ている。


　お見合い相手の堺さんは、思ったよりもうんと感じのいい人だった。けれどなにかがはじまりそうな予兆を感じることはなかったし、それは堺さんも同じだったと思う。

　堺さんは大学の後輩だった奥さんと死に別れ、中学生になる娘さんがひとりいる。話しぶりから娘さんへの愛情が伝わってきて、それは亡くなった奥さんへの愛につながっている。堺さんが求めているのは娘さんの母親であり、妻ではないということがわかった。

——ちょっと残念だったなあ。

自己紹介のときの世慣れない様子や、おっとりとした話し方が好ましかった。小川さんの顔を立てるためだけのお見合いだったのに、わたしも現金なものだと帰り道で空に向かって溜息をついた。あちらを立てればこちらが立たず。世の中そううまくはいかない。

「当たり前じゃない。死別は心が残るのよ」

本日の首尾(しゅび)を問われたので説明すると、母親にあきれられた。

「思い出は年が経つごとに綺麗になっていくんだから」

「わかってるわよ。だからためらうって話をしてるんじゃない」

「ためらう必要なんてないでしょう。お仕事も堅実だし、思春期の娘さんといい関係を築いてるなら性格も穏やかな人よ。そんな人なら桃子のことも大事に守ってくれるはず」

「でも心の中には亡くなった奥さんがずっといるのよ」

「そこは目をつぶりなさい」

「無理よ」

道理はわかっていても、心はそのとおりに動かない。

「そりゃあ初婚でなさぬ仲の子を育てるのはハードルが高いけど、あなたもちょっと娘気分が抜けないところがあるわね。夫婦なんて何年もいたら惚れた腫れたじゃなくなるものよ。大学時代のお友達の祐子ちゃんだって、大恋愛の末だったのに離婚しちゃったじゃない」

「祐ちゃんのことは今関係ないでしょう」

「じゃあ統理くんを見習いなさい。あの子も血のつながらない百音ちゃんを育ててるでしょう。最初はどうなることかと思ったけど、今じゃ立派なお父さんじゃない。前の奥さんと新しい旦那さんの間にできた子供なんて複雑だったでしょうに、すべては習うより慣れろよ」

「あのねえ、統理くんの場合は」

「なに？」

「……別に、なんでもない」

黙り込んだわたしをふてくされていると思ったのか、母親は重々しい口調に切り替えた。桃子、わたしだっていつまでも生きていないのよ、とまたいつものパターンに持ち込んでくる。けれど今日は統理くんというスパイスが加わって、少しパターンが違った。

「統理くんだって独り身だけど、それでも子供がいるのといないのとでは全然違うの。百音ちゃんが結婚して子供が生まれたら、統理くんはお祖父ちゃんってことになるんだし、まるきりひとりのあなたとは違うの。もうあなたと統理くんが結婚してくれれば一番いいんだけどね」

黙って聞いていれば、とんでもないことを言い出した。こんなところで婿（むこ）候補に挙げられているなんて、統理くんも夢にも思わないだろう。災難としか言いようがない。

そもそも統理くんは別れた奥さんをまだ愛している、だからこそ忘れ形見の百音ちゃんを放っておけなかった——とわたしは思っている。

ずっと実家暮らしのわたしと違い、統理くんは大学進学で実家を出て、東京でひとり暮らしをはじめた。そのまま向こうでフリーランスの翻訳家になったと聞いたときは妙にしっくりきた。神社の跡継ぎ息子らしからぬ、理屈っぽい淡々とした印象の男の子だったのだ。

それが五年前、突然、小さな女の子を連れて帰ってきた。目のぱっちりとした長い睫（まつげ）のその子は、娘は娘でも離婚した奥さんと新しい旦那さんとの間にできた娘さんだという。義理の子供の虐待などがニュースになる昨今、ご近所はずいぶん気を揉んだけれど——。

不幸な予想はすべてはずれ、統理くんの両親、統理くん、百音ちゃんの四人家族はスムーズに新生活をスタートした。先代宮司夫妻の人柄は地元では折り紙つきだったし、百音ちゃんは明るく聡い子だった。百音ちゃんは母親似だと以前に統理くんが洩らしたことがある。

——普段はのんきにしてるのに、怒るとすごく怖いんだよ。

あまり感情を表に出さない統理くんが目を細め、濡れたガーゼをやんわりと絞ったように愛情を滴らせた。統理くんが離婚した奥さんの話をしたのはあのときだけだ。

「桃子、聞いてるの？」

「聞いてるってば。わかった。これからちゃんと考えるから」

「これから考えても遅いでしょう」

「じゃあどうすればいいわけ？」

わたしは立ち上がり、疲れたからもう休むと自室に引き上げた。

どすんと勢いよくベッドに腰を下ろす。わたしの人生なんだから、わたしが一番考えているに決まってる。今まで努力も試みた。それでも縁遠い人間がいることをわかってほしい、と訴えたいところだが、それはそれでわたしはモテませんと白状するも同然でつらい。

——あなたもちょっと娘気分が抜けないところがあるわね。

頭の片隅にこびりついている言葉を、さっきから意識的に払おうとしている。母親は心の底からわたしを心配している。それはわかるけれど、好きな人と愛し愛されて結婚したい、というのは贅沢な望みなのだろうか。娘気分が抜けないということなんだろうか。

――そりゃあもう、娘、じゃないけどね。

子供時代からずっとすごしている自室を眺めた。趣味で集めているアンティークガラスの香水瓶。銀の蝉が留まっている木箱は、中学のとき家族旅行の小樽で買ったオルゴールだ。鴨居には読書感想文コンクールでもらった賞状がかけてある。棚には医療事務関係の書籍、むくみ防止の着圧ソックス。少女と女性が滑稽に入り交じったわたしの部屋。

「桃子、お風呂わいてるから入っちゃいなさい」

母親に呼ばれ、はーいと返事をした。

クロゼットを開けてパジャマを用意する。上段に収納ケースが積んであり、ひとつだけリボンのシールが貼ってある。他は着物だけれど、それだけが浴衣だ。高校生のころに買ってもらって、結局一度も袖を通さなかった。それでも捨てられず持っている。

明るい水色に舞う蝶々。今のわたしにはもう似合わない。

毎月恒例のレセプト業務が、年々つらくなってくる。残業が続くと肩から肩甲骨が板のように固まり、動くとばきっと折れたような音がする。仕事の合間に首をほぐしていると、

——お互い年には勝てないよねえ。

と五十代の男性上司から共感を求められるという嫌なオマケまでついてきた。

明日はやっとの休日なので、気晴らしに家とは反対方向の電車に乗り、去年一等が出た宝くじ売り場にサマージャンボを買いに行った。一億円当たったら——といつもの夢想に耽っている途中、手をつないでいる老夫婦とすれ違った。お爺さんが持つ猫模様のショッピングバッグから立派な大根がはみ出ていて、ふと羨ましい気持ちがよぎってしまった。

——わたしには縁のない光景ね。

いつもなら浸れる宝くじの夢が、ぱちんとシャボン玉のようにはじけてしまった。それどころか妙にもの悲しい気分になってきた。よっぽど疲れがたまっているのかと思い、フルコースのマッサージにでも行こうかと考えたが、根本の原因は身体ではないと知っている。

先月のお見合いは、わたしより先に堺さんのほうから断りの返事が入っていた。自分にはすぎた女性で……という定型の文句だったけれど、小川さんの奥さんが言

うには、

――桃子ちゃんはまだまだ気が若そうで、堺さんが気後(きおく)れしちゃったみたいよ。

わたしは呆然(ぼうぜん)とした。わたしの気が若い？　日々自宅と職場を往復し、若い派遣の子からはお局さまと煙たがられ、たまの気晴らしが宝くじを買うこと、というわたしが？

――あんなカゴ持っていくから、ふわふわしてるって思われちゃったのよ。でもコブ付きの男なんてこっちから願い下げよ。初婚の女相手に一体なにさまのつもりなのかしら。

悔しそうな母親の横で、カゴ……とわたしは溜息をついた。あのバッグは結構いいものなんだけれど、世代によってはＴＰＯを無視していると思われるのだろう。堺さんがそう感じたかはわからないけれど、なんにせよ『ふわふわしてる』という印象を持たれたのは確かだと思う。そしてそういう女は、思春期の娘の母親には適さないと判断されたのだ。

その判断をわたしは責められないし、賢明だとすら思う。

なぜならわたしは、恋人や妻を通りこしていきなり母親にはなれない。

まあ、ただ単純にわたしに女性としての魅力を感じなかっただけかもしれない。

そういえばホテルのティールームでスーパーショートケーキも食べてしまったの

だ。だってあのホテルの名物だし、先月はあまおうフェアだったので我慢できなかった。食い意地の張った女だと思われたのだろうか。ああ、どんどん思考がネガティブになっていく。自分も断るつもりだったのに、向こうから断られてショックを受けるなんて、わたしも相当勝手なものだ。

　このまま帰ると母親に心配をかけそうだから、どこかでお茶でもしていこうか。落ち込んでいる姿を見せたくないし、お見合いを断られてショックを受けていると思われるのも恥ずかしい。確かに断られて落ち込んでいるのだけれど、でも、そうじゃなくて、わたしは――。

「桃子さん」

　ふいに呼びかけられて立ち止まった。ぼんやり歩いているうちに、にぎやかな駅前からはずれて路地裏に入っていた。声のほうを見ると、いつもはマンションの駐車場で見る白いバンが停まっていた。普段は閉じられている車の側面が開けられ、庇（ひさし）のように張り出している。

「今帰り？　おつかれ」

　オープンになった車中から路有くんが手を振っている。クリスマスツリーに飾るような白熱球のランプがたくさんぶら下がっていて、小さくひっそりとした光はまるで砂漠のオアシスのように見えた。渇いて疲れ切った旅人が、やっと一息つける場所。

「月初めの残業だったの」

「一日おつかれさまでした」

ありがとうとお互いに頭を下げ合い、わたしはあたりを見回した。

「最近はここでお店を出してるの？」

「いや、今夜初めて。だからすごいタイミング」

「営業中のとこ見るの初めて。こんなふうになってるのね」

「よかったら飲んでってよ。足しんどいなら座れるとこもあるし」

車の後ろ側にしつらえられている、小さなとんがり屋根のテントを路有くんが指し示す。白い薄いベールでゆったりと覆われていて、こちらは遊牧民のおうちという感じだった。

「ありがとう。ここでいい。じゃあ、なにかすっとするカクテルをください」

「強め？　弱め？」

少し考えてから、強め、と答えた。疲労と落ち込みが混ざり合っていて、ほんの少し自分を手放したい。じゃあラムで行こうかと、路有くんは後ろの棚からボトルを取り出した。

「レモンハート・デメララ。アルコール度数四〇パーセント」

「うわ、強そう。ラムってあんまり飲んだことないんだけど」

「いける口なら、もひとつ上の151もあるよ。度数七五・五パーセント」

「卒倒しそう」

路有くんは笑い、流れるような手つきでカクテルを作った。

「どうぞ。ソル・クバーノです」

初めて飲むカクテルだった。グラスの上側を輪切りのグレープフルーツで塞いで、ミントを添えた真ん中にストローが通してある。度数が高めなのでおそるおそる飲んでみると、グレープフルーツ味の飲みやすいカクテルだった。おいしいと言うと、路有くんが親指を立てた。

「キューバの太陽って意味。ラムは荒っぽいイメージあるけど、これは飲みやすいよ」

路有くんはにっこりと口角を引き上げた。満面の笑みというやつで、ああ、やっぱり似てるなあと思った。大昔の恋人もこういう笑い方をする人だった。対面式のカウンターに肘(ひじ)をついてぼうっと見つめていると、うん？　と路有くんが首をかしげた。

「もう酔ったみたい。疲れてるせいかな」

わたしはさりげなく目を伏せた。

「つぶれたらテントで寝ていけばいいよ。マンション同じだし送ったげる」

大きな手で頭をポンポンと叩かれて、わたしはびっくりした。男の人に頭をポンポンされるなんて何年ぶりだろう。不覚にもどきどきしながら、ふたたび路有くんを見つめた。

「路有くんって、女の子にすごくモテるでしょう」

「商売柄ね。でも俺にとって女の人は桜みたいなものだから」

「桜?」

「綺麗だなあって眺めて、通りすぎていくんだよ」

誰も傷つけず否定もしない言葉に、わたしは微笑んだ。そして切なくなった。この人はいままでたくさん、誰かから傷つけられて否定されたことがあるのだろう。

路有くんがうちのマンションに越してきたとき、ちょっとした騒ぎが起きた。ゆるいくせ毛に甘く整った顔立ち、仔犬のような人懐こさ。路有くんはあっという間に町内のアイドルになり、屋上でよく百音ちゃんたちと過ごしていたせいで神社へのお参り率が急上昇する中、

——いやあ、俺、こないだ彼氏と別れちゃって。

と、路有くんはあっけらかんと自らのセクシャリティを口にした。

ファンのおばさんたちはぽかんとしたけれど、まあそういう人もいるわよねと大

部分が納得する中、今まで無関心だったのにいきなり参戦してくる人たちもいた。

――ややこしいお友達だわねえ。統理くんのとこはただでさえ『なさぬ仲』なのに。

――もしかして統理くんも『そう』なのかしら。

――だとしたら大変。百音ちゃんの将来に影響が出たらどうするのかしら。

まだこぬ未来にまでアンテナを伸ばし、心配という名のおせっかいをする人たち。先のことなんて誰にもわからない。一見非の打ち所がない家庭だって、中に入ればいろいろある。心配してるふりで不安を煽るなんてただの迷惑行為だ――と腹が立ったけれど口には出さない。わたしは昔から近所ではおとなしい優等生の桃子ちゃんで通っていて、いい娘さんなのに縁遠いわねと言われ続け、今では婚期を逃した気の毒な桃子ちゃんに落ち着いている身だ。

「大丈夫？　お水出そうか？」

余計なことまで思い出して難しい顔をしていると声をかけられた。

「ううん、平気。それより息がいい匂いで気持ちいい」

わたしは口元を手で覆って息をした。

「生のグレープフルーツ使ってるからね。俺の指も」

路有くんが自分の指を鼻先に近づける。そういえば田舎のお祖母ちゃんの家には甘夏（あまなつ）の木があった。皮を剥（む）くと飛び散る飛沫（しぶき）を腕にこすりつけ、香水ごっこをしたことを思い出す。

「そのあと肌がかぶれて大変だった」

「似たようなこと俺もしたなあ。母親が蜜柑（みかん）の皮を入浴剤がわりに風呂に入れてて、もっと匂わせようと湯の中で揉みまくったんだ。そしたらあとで全身ヒリヒリした」

「柑橘類の果汁って意外ときついのよね」

他愛ない話をして笑っているうちに、少しずつ酔いが回ってくる。意識が勝手気ままに流れていって、話題がころころ変わる。甘夏、果汁、グミ、口の中ではじけるお菓子、花火、あちこちつながって、三分後には忘れている。無責任で愉しい時間。これがお酒の魅力だ。

たった一時（ひととき）、言動に責任を取らずにいられる。無理にテンションを上げる必要もなく、心地よく流れていける。そういう雰囲気を作ってくれる路有くんと話してるとほっとする。けれどそんなことは誰にも言わない。婚期を逃した桃子ちゃんがゲイの男の子相手に報われない恋をしている、なんてしょうもない噂をたてられるのが目に見えている。

ふいに路有くんが小さく手を振った。振り返ると、若い女の子たちのグループが立ち止まってこちらを見ていた。

「よかったらどうぞ」

路有くんが声をかけると、女の子たちは恥ずかしそうに笑い合った。そうしているうちに若い男の子ふたり組が「おつかれー」と店にやってきた。

「いらっしゃい。今帰り？」

「うん、つか探したよ。ここ初めてじゃない？」

「新規開拓。そこで電源もらえることになったから」

路有くんが向かいにある『みゆき』という年季の入ったスナックを指さす。

「出たよ。路有くんの『必殺ママ落とし』」

「人聞き悪いこと言わないでくれる？」

「ごめんごめん。路有くんは水商売も堅気もまとめて撃墜（げきつい）するよね」

「もっと人聞き悪くなったんだけど」

男の子たちがどっと笑う。

「これおみやげ。つまみで出して」

男の子が駅前の餃子屋さんの名前が入った包みを路有くんに渡す。ニンニクの香りが漂ってきて、急にお腹が空いてきた。母親の餃子が食べたいなと思った。噛むとじゅわりと肉汁があふれてくる母親特製餃子は、子供のころからわたしの大好物だった。

「あの、四人いいですか？」

さっきの女の子たちもやってきて、路有くんに促されてテントのほうへと入っていく。わたしは残りを飲み干して会計をしてもらった。男の子たちが、おねーさん、うるさくしてごめんねと謝ってくる。わたしは笑みを返し、ごちそうさまでしたと駅へと向かった。

気分はすっかり晴れていて、改札を抜けたところで母親から電話がかかってきた。

『おつかれさま。まだ仕事中？』

「ううん、もうすぐ電車に乗るところ」

階段を下りると、ちょうど電車が入ってくるところだった。

『ああ、そうなの。遅いから夕飯どうするのかと思って』

「食べる。お腹ぺこぺこ。今夜なに？」

『久しぶりに餃子作ったのよ』

「うそ、すごく食べたかったの。急いで帰るからたくさん焼いといて」

『なに子供みたいなこと言ってるの』

母親は嬉しそうに言う。わたしは酔いでご機嫌になっているようだ。電話を切って電車に乗り込むと、ちょうど席がひとつ空いて座れた。帰ったらおいしい餃子が待っている。

——うん、いい一日だった。

最後に逆転できてよかった。ふっと息を吐くとグレープフルーツの香りがした。

今日は朝からトラブル続きだった。病名と診療内容にそぐわない薬品名が記載されていると通知がきたので調べてみると、医師のカルテへの書き込みミスで、それ自体はままあることだった。問題は、それが数ヶ月も前に提出したレセプトだということだ。

医師の中には横柄(おうへい)な人もいて、自分のミスなのに謝らず、なぜ気づかないんだと事務に怒りを向ける人もいる。レセプト業務中に気づけなかったのはこちらの落ち度でもあるので、そこは頭を下げて嵐がすぎるのを待つしかない。理不尽さをこらえ、申し訳ございませんでしたとひたすら謝りながら、お昼はなに食べようかなとでも考えていればいいのだ。

けれどその日、確認に出向いたのは若い新人スタッフで、大勢の前で叱責(しっせき)されて泣き出してしまった。こんな新人を寄こすなんて一体どうなってるんだと内線がきて、事務方の主任が謝りに出向く羽目になった。主任と一緒に、真っ赤な目でその子は戻ってきた。

「あの先生、ほんと性格悪いんだよ。気にしなくていいよ」

「まだペーペーで上の先生にはへいこらするくせに、事務には偉そうなのよね」

みんなが口々に彼女を慰める中、あと締めといてねと主任がわたしに耳打ちしてくる。事務は女性スタッフが圧倒的に多いので、男性上司はあまり口を出したがらない。だからなにかあったときの叱り役や憎まれ役は、いつもわたしに回ってくる。

うんざりしながら、まだ医師への不満でざわついているみんなに言った。

「元は先生のミスだけど、レセプト中に気づかなかったのはわたしたちのミスでもあるから、今後はこういうことがないように全員で気をつけていきましょうね」

できるかぎり穏やかに締めたつもりだが、みんなはしらっとした顔でそれぞれの席に戻っていった。そのあと新人の指導につけていた今村(いまむら)さんを休憩室に呼んで、今度こういうことが起きたときはあなたも同行してあげてねと、責める口調にならないよう気をつけて話した。

「どうして彼女は慰められて、わたしは怒られるんですか?」

「怒ってないのよ。あなたは仕事ができるから、次回からのフォローをお願いしてるだけなの」

「仕事ができるようになるほど叱られるって不公平だと思います」

今村さんははっきりと不快感を示したあと、

「でもわかりました、今後は気をつけます」

と頭を下げ、足早に休憩室を出ていってしまった。

ふーっとわたしは天井へと息を吐いた。

言いたいことは、もっと、たくさんあった。

あのね、こういうのは持ち回り制なのよ。あなたが新人だったときは指導員の先輩が一緒に確認にいっていたし、あなたがミスをしたときはその先輩が陰で注意されていたの。今はあなたが先輩の立場なのよ。いつまでも庇護される立場じゃいられないの。甘ったれないで。

——って言えればねえ。

うんざりと目を閉じ、いやいや、そうじゃないと自分を叱りつけた。

今村さんの立場になれば、腹が立つのもわかる。今村さんにいらだつわたし自身、過去にはいろいろな失敗をして、当時の先輩にこっそり溜息をつかせていたじゃないか。

人の振り見て我が振り直せ、と強引に自分に言い聞かせた。わたしを指導して叱ってくれた先輩たちも、ひとりふたりと辞めていき、今ではわたしが一番の古株になってしまった。もう指導してくれる先輩はいない。だから自分で自分を励まし、自戒するしかないのだ。

その日の仕事帰り、読みかけの本を忘れたことに気づいてロッカールームに戻った。けれどドア越しに後輩たちの会話が聞こえてきて、中に入るのをためらった。

――高田（たかだ）さんって贔屓（ひいき）激しくない？

――ああ、なんか新人にはやたら媚売るよね。

――なんとかして若い子の輪に入ろうとしてる感じ？

――典型的なおばさんあるあるだよね。

くすくすと響く笑い声。この程度の悪口は慣れっこなので、知らんぷりして入っていこうかと思ったけれど、わたしは静かに回れ右をした。悪意の存在に気づいても、それを明らかにしてしまうと職場の雰囲気が悪くなる。表向きだけでも平和を保つことは大事だ。

わたしは平気だ。この春から指導リーダーとして特別手当がつくようになったし、悪口を言われるのもお給料のうち。共通の敵を作ることで人は団結する。わたしでガス抜きができるなら悪口もどんどん言ってちょうだい。だからどうか辞めないでね。年のせいか最近疲れやすくなってきたし、人手不足がゆえの休日出勤や残業だけは勘弁してほしい。

達観した先輩という器の中に、ぎゅうぎゅうとむりやりに自分を押し込んでいく。わたしはなんにも傷ついていない。あれくらいへっちゃらだ。そう思ってないと泣けてくる。

宝くじでも買って帰ろうかと思ったけれど、それすら面倒で売り場を素通りした。今夜はぬるめのお風呂に浸かって早く眠ろう。でも母親に心配をかけるから、とりあえずはしゃんとしてなくちゃ。いろいろと考えるほど足取りが重くなっていく。

――ソル・クバーノが飲みたいな。

路有くんの屋台バーで飲んだグレープフルーツのカクテル。一緒に路有くんの人懐こい笑顔を思い出した。今夜はどこで営業しているんだろうと携帯電話を取り出した。カバーの内ポケットに路有くんの携帯番号だけが書かれたシンプルな名刺がはさんである。

どきどきしながら電話をかけると、路有くんはすぐに出た。

「あの、もしもし、桃子です。あ、高田です。同じマンションの高田桃子です」

『そんなに説明してくれなくても知ってるよ』

焦っているわたしを、楽しそうな笑い声が受け止めてくれた。

「いきなりごめんなさい。今夜はどこにお店を出しているのか訊きたくて」

『ああ、ごめん。今夜は休み』

「あ……、そうなんだ」

今日はとことんついてない。

『飲みたい気分だった？』

「うん。でもいいの。また今度行かせてもらうわね」

落胆を隠して明るく電話を切ったと同時、桃子さーんと背中にタッチされた。びっくりして振り返ると百音ちゃんがいた。その向こうに統理くんと路有くんもいる。

「桃子さん、ナイスタイミング。俺ら、これからご飯なんだけど一緒に行かない？」

いたずらっぽい笑顔で路有くんが手を振ってくる。電話中、ずっと後ろにいたようだ。

「プライベートなのにお邪魔じゃない？」

遠慮がちに問うと、

「中華だから青島(チンタオ)ビール、紹興酒(しょうこうしゅ)、きついのがいいなら白酒(パイチユウ)もあるよ」

「中華は人数が多いほうが楽しめるな」

「桃子さん、杏仁豆腐と桃まん半分こしよー」

路有くん、統理くん、百音ちゃんが一斉に話すので、わたしは笑ってしまった。母親に今夜は外で食べてくると謝りの連絡を入れ、四人で駅裏にある中華料理のお店へ向かった。ここは地元の人気店で、今夜も家族連れでにぎわっていた。

「これ百人前食べたい」

百音ちゃんが三種の前菜に目を輝かせる。キクラゲと棒々鶏(バンバンジー)と叉焼(チャーシュー)、どれも味が違ってすべておいしい。統理くんがいいよと微笑む。けど他のものはなにも食べられなくなるぞと言われ、百音ちゃんはこの世の悩みを一身に集めたような顔で前菜に別れを告げた。

「また新しい出会いがあるさ」

統理くんの言葉どおり、次にきたイカとセロリの炒め物に百音ちゃんは夢中になった。わたしは鶏をオイスターソースでやわらかく煮込んだものが気に入った。ビールによく合う。

「休みは堂々と酒が飲めるからいいなあ」

路有くんはロックで白酒を飲んでいる。バーを経営しているものの、バンでの移動式なのでドライバーでもある路有くんはお酒を飲めない。

「好きなのに飲めないのはつらいわね」

「いや、俺の場合はそれでいいんだよ。飲み出すとガバガバいくから。雇われのときはそれで結構失敗したし、自分がオーナーだとそうそう無茶もできないからちょうどいい」

「あのままだったらおまえは肝硬変（かんこうへん）一直線だった」

統理くんが言い、だよなあと路有くんがうなずく。

「そんな呑兵衛（のんべえ）だったのに、よくスタイルを変えられたわね」

「それは失恋の賜物（たまもの）というか、怪我の功名というか」

路有くんは残りを飲み干しておかわりを頼んだ。桃子さんもと勧められ、ライチ酒のソーダ割りを頼んだ。統理くんはジャスミンティーで、百音ちゃんはマンゴージュース。

「あれはもう本当に最低な失恋だったな。あの野郎、まさか女と結婚するなんて」

路有くんは白酒片手に、過去の失恋を振り返って眉をひそめた。普通、男は女と結婚するものだろうという意見は禁止だ。わたしの『普通』と、路有くんの『普通』は違う。

路有くんはこの町にくる以前、男性の恋人と暮らしていた。長いつきあいで、次に引っ越すときは賃貸ではなくマンションを買おうと相談して貯蓄もしていたそうだ。結婚という法的ゴールのないゲイカップルにとって、それは夫婦も同然の関係だった。しかし恋人はある日いきなり異性との結婚願望に目覚め、路有くんのもとから去っていった。

「帰ってきたら、あいつの荷物だけがなくなってたんだ」

路有くんは白酒を飲み干し、勢いよくおかわりを頼んだ。このまま話を続けて大丈夫なのかしらとちらっと百音ちゃんを見た。百音ちゃんは海老と玉子の炒め物を食べながら、

「大丈夫だよ。路有の失恋のお話は百回くらい聞いてるから」

と、けろっと笑う。

「そうなの？」

「うん、路有は失恋が原因でうちに避難してきたんだもん。あのときはご飯あげたりお布団かけてあげたり大変だったけど、動物病院の先生になったみたいで楽しかった」

ご飯をあげたり布団をかけてあげるって相当危険なレベルでは？

「その節は大変お世話になりました」

路有くんが百音ちゃんと統理くんに頭を下げる。

「それに失恋したてで『縁切りマンション』に連れ込まれた男って、一見のお客さんが絶対に笑ってくれるネタまでくれて、統理にはほんと感謝してる」

「うちが切るのは悪縁だけだ。恐ろしい誤解をまき散らすな」

統理くんがしかめっ面で返す。

「宣伝になっていいじゃないか。氏子さんたちにまでマイナー神社って言われてるんだから」

「別に宣伝しなくてもいいし、マイナーでもいいんだ」

統理くんがしょっぱい顔でうつむき、わたしは悪いと思いつつ笑ってしまった。

「ところで桃子さんはなにかあったの？」

路有くんが尋ねてくる。

「うん？」

「お酒が飲みたい気分って言ってたから」

「ああ、うん、もういいの。どれもつまらないことだし」

母親からお見合いをセッティングされたり、気が進まなかったのにお断りされてショックを受けていたり、後輩から煙たがられたり、どれもよくあるつまらないことばかりだ。気の合う人たちとおいしいものを食べて、お酒を飲んで、笑って、それだけで気は晴れる。

根本的な解決にはなっていないけれど、生きていく中でなにかが根っこから解決することなんて滅多にない。しんどい。つらい。それでも明日も仕事に行かなくてはいけない。だからとりあえず明日がんばるための小さな愉しみを拾い集めていくことが優先される。

それが生きる知恵とわかっていても、たまに焦ることもある。考えすぎず、突き詰めすぎず、沈まない程度の浮き輪につかまって、どこともしれない場所へと流されていく。子供のころイメージしていた、なんでも知っていて間違えない思慮深い大人にはほど遠い。

「将来は気の合う人たちで、シェアハウス暮らしとかしたいなあ」

　わたしはライチ酒のソーダ割りを一口啜った。甘くていい香りがする。

「流行ってるよね。知り合いにも将来に向けてシェアハウス仲間作ってるやつらいるよ。ゲイだと結婚よりそっちのほうがリアルだし。みんなわがままだから喧嘩ばっかしそうだけど」

「他人が集まって暮らすのは大変だからな」

「そうかしら。身内のほうが言葉に遠慮がなくなるし、修羅場にまで発展するのは親子や夫婦が多くない？　他人同士のほうがルールを守ろうとするぶん歯止めが利きそうよ。だったらやっぱり結婚よりシェアハウスかなあ」

「でも桃子さん、お見合いしたんでしょ？」

　百音ちゃんが唐突に言った。わたしがぎょっとしたのと、路有くんと統理くんが両隣から百音ちゃんの服を引っ張ったのは同時だった。この様子ではふたりも知っている。

「……広まってるのね？」

　犯人はもちろん母親だった。ご近所のお友達に愚痴をこぼし、お友達は夕飯のとき旦那さんに話し、旦那さんが町内ゲートボール大会で口を滑らして一気に広まったらしい。せっかく浮上した気分が急下降し、わたしはウェイトレスに白酒のロックを頼んだ。

「ねえねえ桃子さん、お見合い相手ってどんな人？　恰好よかった？」

百音ちゃんが瞳を輝かせて尋ねてくる。

「いい人だったわよ。奥さまを亡くされたあと、娘さんをひとりで育ててるの」

「うちみたい」

「言われてみればそうね。統理くんとはまた違うタイプのいいお父さんって感じだった」

「結婚するの？」

「百音」

統理くんが諫(いさ)めようとしたけれど、いいの、とわたしは言った。

「残念だけど、お断りと相成りました」

「コブ付きだから？」

「え？」

さすがに驚いた。小学生の口からそんな言葉が出るとは思わなかったのだ。

「前にマンションのおばさんたちが言ってた。統理くんは再婚したくてもコブ付きだから難しいわねって。コブってわたしのことなんだよね？　桃子さんもコブ付きは嫌？」

いつも無邪気な百音ちゃんらしからぬ、こちらをうかがうような目だった。わたしは頭が痛くなった。くだらないことを子供に聞こえる場所で話すなんて――。

「違うわ。お子さんがいようといまいと、結婚はまずわたしと堺さんの問題だからよ」

わたしは毅然と答えた。ここは言い切らなくてはいけない場面だ。

結婚するならわたしは堺さんを愛したいし、わたしも堺さんから愛されたい。お互いに愛情もない状態で乗り越えられることなどひとつもないと思う。けれど堺さんは亡くなった奥さんとすでにその過程を通りすぎていて、今はひとり親として戦っている人であり、現在の堺さんが必要としているのは愛する妻ではなく、娘さんの母親という戦友なのだ。

「わたしと堺さんは元々立ってる場所が違ったの。だからわたしも堺さんから断られたわ。お母さんからは、わたしはふわふわして娘気分が抜けないからだって叱られたけどね」

「娘気分って？」

百音ちゃんが首をかしげる。

「子供っぽいってことかな」

断られた直後は憤っていた母親だが、時間が経つごとにお説教モードが戻ってきた。

あなたの年齢でのお見合いはもう男女じゃなく、人としていたわり合えるかどうかなの。顔なんてどうでもいいの。どうせしわくちゃになるんだから。それより思いやりがあるとか、あなたが倒れたときに介護してくれるかとかが大事なの。孤独死なんて悲しいでしょう、と。

「うわ……、独身ゲイにも刺さる言葉だな」

路有くんが苦しそうに胸を押さえる。

「ええ、わたしもあまりの恐ろしさに心が折れそうになったわ」

孤独死なんて言葉を考えた人は、重い罪に問われるべきである。誰かと一緒に生きていくのはもちろん素敵だけれど、だからといって、ひとりで生きている人をそんな恐ろしい言葉で脅さなくてもいいじゃないか。人生の選択は、もっと明るく自由なものであってほしい。

「まあ、わたしが贅沢を言いすぎなのかもしれないけどね」

自嘲的にまとめて話を終わらせようとしたのだが、

「贅沢言っちゃ駄目なの？」

意外にも、この問題から一番遠そうな百音ちゃんから疑問が飛び出した。

「結婚したら一生一緒にいるんでしょ？　わたしは夏のワンピースを買うのだって

すごく考えるし迷うよ。絶対に素敵なデザインじゃないと嫌だし、気に入ったらずっと着たいから丈夫じゃないと駄目だし、すごくいいの見つけても統理は買ってくれないし」

溜息をつく百音ちゃんに、ちょっと待ったと今度は統理くんから異議が出た。

「百音がほしがる服は、いつもとんでもない値段じゃないか。あの服はなんていったかな」

「『マドモアゼル・ノン』」

「それだ。子供用のワンピースが四万七千円もした」

「すごい値段ね。でもあそこのワンピースならそれくらいはするわよ」

わたしが言うと、そうなのと百音ちゃんがぶんぶんうなずいた。

「黒地に黄色いレモンの柄で、深緑のサッシュベルトを前で結ぶんだよ。レモン柄なのに子供っぽくないの。ノースリーブだけどカーディガンを羽織ったら秋まで着れるんだよ」

「素敵。百音ちゃんに似合いそう」

百音ちゃんはとてもおしゃれで、将来はファッションデザイナーになりたいと作文に書いたこともあるらしい。その前は翻訳家で、その前はスナフキンで、その前は屋台バーのマスターで、天文学者、オムライス屋さん、お花屋さん、ところころ変わってはいるけれど——。ちなみに今夜の百音ちゃんはデニムのオールインワンに、髪はルーズなお団子に結っている。

「確かにかわいかったし似合ってたけど、経済的にはどうだろう。百音は成長期だから来年はもう着られないかもしれないし、そもそもあれはお出かけ用じゃないか。今から秋までにそんなにおめかしをして出かけることが何度あるか。そう考えると四万七千円はもったいない」

理路整然とした反対理由に、百音ちゃんはえーっと脚をぱたぱた動かした。

「でもそれって今年を逃したら、もうあのワンピースは二度と着られないってことなんだよ。一期一会ってこないだ国語で習ったもん。出会いはいつだって大事なんだって」

「そのとおりだ。出会いは大事だよな」

今度は路有くんが食いついてきた。

「これぞと思ったらガッとつかみに行くべきだ。でも運命の恋に落ちて大枚はたいても、実際に家に帰って着てみると『あれ、こんなんだったかな？』ってがっかりするときもある。気に入って着てても、いつの間にかなんとなく似合わなくなってお別れとかもある」

「路有、それお洋服の話？」

百音ちゃんが問う。

「恋の話だ。俺は唯一無二、一期一会はもう懲り懲りだから、今度はフリーサイズの恋をする」

「フリーサイズの恋ってどんなの？」

ちょっと興味を引かれたので、わたしは訊いてみた。

「相手に期待せず依存しない。不測の事態が起きても自分でなんとかする。相手の状況に振り回されない、どんなサイズも受け止めるフリーサイズのシャツにお互いがなる、という恋」

「すごく楽ちんで安定した感じね」

「お洋服に置き換えると、すぐパジャマにされそうな感じだね」

百音ちゃんが無邪気に指摘し、路有くんは覚えがありそうな顔をした。

「その危険性はおおいにある。相手に依存しないって、いうなれば相手がいなくても特に困らないってことだから。なんとなーく空気がだらっとしていって、忙しいからって構わなくなって、気がついたら半月とか連絡してなくて、それでも特に困ることもなく、今の仕事が一段落したら連絡しようとか思ってるうちに自然消滅してたりして」

「そんなんだったら、最初からひとりでいいわね」

不毛な結論が出てしまい、わたしは今日何度目かの溜息をついた。

「桃子さん、元気出して。そうだ、今度、線香花火大会するから桃子さんもきて」

百音ちゃんが言う。

「線香花火限定なの？」

「路有がバーのお客さんから国産の木箱入りのやつもらったんだよ」

「風流ね」

「でも百音の提案でドレスコードがあるんだ」

「ドレスコード？」

「参加者は浴衣着用」

胸の底で、なにかがことりと音を立てた。

「服なんて清潔であればそれでいいと思うんだけど」

面倒そうな統理くんに、それは違うよ、と百音ちゃんが即異議を申し立てた。

「だって去年買ってもらった浴衣、まだ一回しか着てないんだもん。すごくかわいいのに来年にはもう着られなくなるかもしれないんだよ。このままじゃさっき統理が言った、もったいないってやつになるんだよ。だから絶対浴衣じゃないと駄目なんだよ」

「それなら百音だけ浴衣を着ればいいじゃないか」

「みんなで着るとイベントみたいで楽しいと思う」

「みんなでトイレに行くのは苦手って前に言ってなかったか？」

「統理にとって、トイレと浴衣は一緒なの？」

あまりのすれ違いに、わたしと路有くんは笑った。

「まあまあ、せっかくだからみんなで楽しもうよ。浴衣は特に賞味期限厳しいんだから」

路有くんがまとめ、来週わたしも線香花火の会に参加することになった。

「桃子さんの浴衣はどんなの？」

百音ちゃんに問われ、とっさに答えられなかった。

わたしが持っている浴衣は一枚だけだ。

高校生のころ作ってもらって、それを着て恋人と花火大会に行く約束をしていた。

本当に楽しみにしていた、あの浴衣だけ。


その夜、ベッドに腰掛けてぼんやりと考えた。浴衣を着るのは何年ぶりだろう。考えなくてもすぐに答えが出る。二十二年ぶり。忘れたことはないけれど、深く突き詰めることを避けていた。改めて、それだけの時間が流れたという事実に呆然としてしまう。

立ち上がり、クロゼットを開けた。普段着はポールにかけてあり、上には季節ものの収納ケースが積んである。一番下のケースを取り出し、床に置いて蓋を開ける。中にはたとう紙に包まれた浴衣がしまってある。もう着ることもないのに捨てられず、見るのが怖くて手入れもしていない。

――桃の浴衣、すげえ楽しみ。

日焼けして真っ黒な顔で坂口(さかぐち)くんが笑う。

真夏の向日葵(ひまわり)のような、見ているだけで嬉しくなる笑顔。

路有くんに似ていると思っていたけれど、そうでもなかったかもしれない。坂口くんのほうが眉が濃かった。肩幅もあって、がっしりしていて、男っぽかった。坂口くんは笑うと右側の犬歯(けんし)が目立って少し幼い印象になった。坂口くんは手がすごく大きかった。あの手で乱暴に髪をかき回されるのがわたしはとても好きだった。

ひとつひとつ克明に思い描くほど、自分がどれだけ坂口くんのことを思い出さないようにしていたのか気づかされる。そのくせ、本当にはなにひとつ忘れていなかったことも。

「桃子、ケーキあるけど食べる?」

ノックとドアが開くのは同時だった。床に正座しているわたしと、その前に置かれたケースを見比べ、なにしてるのと母親が部屋に入ってくる。

「なあに、この暑いのに着物でも着るの？」

問いかけながら、たとう紙に手を伸ばしてくる。止める間もなく、紐がほどかれ、明るい水色の浴衣が現れた。あらーと母親が声を上げる。

「これ高校生のころに作ったものでしょう。まだ持ってたのねえ」

母親が懐かしそうに生地（きじ）を撫でる。

「……ちょっと整理しようかと思って」

「せっかく作ったのに、結局あなた一度もこれ着なかったんじゃない？　もったいない。でもおかげで状態がいいわねえ。これなら誰かに譲ってあげられそう」

「嫌よ」

思わず大きな声が出た。母親が驚いてわたしを見る。

「ごめんなさい。でもまだ着られるし」

目を伏せると、なに言ってるのと笑われた。

「この柄は若い子向きよ。桃子の年ならもっとシックなものにしなくちゃみっともないわ」

ケーキがあるからいらっしゃいと母親は笑って出ていき、わたしは浴衣を見下ろした。おそるおそる広げ、鏡の前で合わせてみた。明るい水色に華やかな蝶々の柄。

高校生のころデパートで一目見て気に入ったのに、今のわたしには子供っぽくてもう似合わない。

――浴衣は特に賞味期限厳しいんだから。

路有くんが言ったとおり、どんなものにも賞味期限はある。

浴衣だけではなく、きっと人の心にも。

いまさら昔と同じものを味わうのは無理なのだ。


約束の日になってもわたしは迷っていた。早めに上がってデパートに新しい浴衣を買いに行くか、約束自体を断るか、それともあの浴衣で行くか――。

――三番目はないわよね。

何度も自分に言い聞かせなくてはいけないほど、あの浴衣を着たいという気持ちが湧き上がってくるのが不思議だった。厳重に鍵をかけていた箱が、完全に開いてしまっている。

「今日は定時で上がれそうにないね」

隣でスタッフが溜息をついた。お盆を控えて今週は忙しく、診療時間をすぎても患者さんが大勢残っている。レセプト期間をのぞいて派遣スタッフは基本的に残業をしないので、あとは正職員でやることになる。そんな中、今村さんがおずおずと課長の席へ行った。レセプトミスの件で少し揉めたあと、彼女からはなんとなく一線引かれている。

「課長、あの、今日、定時で帰らせてほしいんですけど」

「体調でも悪い？」

「いえ、ちょっと約束があって」

「ええ？　忙しい時期だってわかってるだろうに」

今村さんはきゅっと肩を縮めた。

「……あの、海外から知人が帰ってくるもので」

今村さんの恋人が去年から海外勤務になったのはみんな知っている。滅多に会えない分、すごく楽しみにしていたのだろう。けれど周りは一斉に迷惑そうな顔をした。ただでさえ人手不足なのに彼氏とデート？　という目だ。どちらの気持ちもわかる。

「高田さん、どう？　回せそう？」

課長が訊いてくる。面倒なことはすぐわたしに投げてくるのだ。

「大丈夫だと思います」

そう答えると、みんなの非難の矛先（ほこさき）は今村さんからわたしに移った。

「そう。今村さん、じゃあもう帰っていいよ。おつかれさま」

「ありがとうございます。お先に失礼します」

今村さんは跳ねるように頭を下げ、迷惑かけてごめんねとひとりひとりに謝った。

「高田さん、ありがとうございます」

気まずそうに今村さんがわたしに頭を下げる。

「また今度、がんばれるときにがんばってね」

「はい」

彼女が帰っていくと、はーっと複数の溜息が重なり、みんながわたしに無言の抗議をした。

――もうやんなっちゃう。ほんといい恰好しいなんだから。

――この忙しいときに贔屓しないでよ。

わたしは気づかないふりでパソコンと向き合った。大丈夫、いつものことだ。七時半をすぎた時点で、浴衣を買いに行くという選択肢は消えた。八時をすぎたところで、今夜は残業で行けそうにないと路有くんにラインを送った。自動的にあの浴衣を着るという選択肢も消えた。また着られなかった。わたしは誰にも聞こえないように息を吐いた。

――そういう運命なんだろうな。

運命なんて少女じみた言葉を思い浮かべた自分が恥ずかしくなり、なんだか泣きそうになった。さりげなくトイレに立つと、路有くんから返事がきた。

『残業おつかれさま。花火のあとは鉄板焼きだよ。よかったら顔出して』

なにげない誘いをひどくありがたく感じた。鏡を見ると鼻の頭が赤くなっていたので、ファンデーションでごまかして仕事に戻った。そのあとは思ったよりも診察が早く進み、八時半には帰ることができた。まだ間に合うだろうか。早足がいつの間にか駆け足になっていく。

「桃子さーん」

マンションの前にきたとき、頭上から声が降ってきた。五階のベランダの手すりから、百音ちゃんが身を乗り出している。手を振っていて、白っぽい浴衣の袂がひらひらと舞っている。危ないわよと言う前に、統理くんが慌てて百音ちゃんを抱きかかえに出てきた。

「桃子さん、おつかれー」

続いて路有くんもひょっこり顔を出す。

「今夜はごめんなさーい」

「まだ鉄板焼きやってるよー。早くおいでー」

路有くんの声に重ねて、百音ちゃんも「浴衣でねー」と手を振ってくる。

わたしはエレベーターに飛び乗った。母親にただいまを言う余裕もなく自室に駆け込み、あの浴衣を取り出して着付けていく。半幅帯を貝の口に結び、最後に踵にクリームを塗った。下駄借りるねーと声をかけると、どこ行くのと母親が玄関に出てきた。

「やだ、ちょっとあなた、なんて恰好してるの」

　母親がわたしを見るなりぎょっとした。

「そんな娘みたいな浴衣やめなさい。みっともない」

　母親と言い争う時間はなく、行ってきますと家を出た。国見家のチャイムを押すと、いらっしゃいませーと百音ちゃんが出迎えてくれる。遅れてごめんなさいと言うわたしの声に、

「すっごいかわいいー」

　という百音ちゃんの声が重なった。

「おかしくないかな。ずいぶん古いものなの」

「すっごくすっごくかわいいよ。水色に蝶々の浴衣なんだね」

　いつも落ち着いた色目の服を着ることが多いので、こんなに明るい色をまとうのは何年かぶりのことだった。対する百音ちゃんは白地に朱色の金魚が泳いでいる浴衣に、コーラルピンクのレースの兵児帯（へこおび）を結んでいる。百音ちゃんは浴衣のセンスもとてもいい。

「さあ、お披露目お披露目。おしゃれしたらみんなに見てもらわなきゃね」

「そんな、わたしはいいわよ」

勢いで着てしまったけれど、褒めてもらおうなどとはさすがに厚かましい。けれどいまさら引き返すこともできず、わたしは「じゃじゃーん」という百音ちゃんの効果音つきで統理くんと路有くんの前に引き出されることになった。

「こんばんは、遅くにお邪魔します」

焦ってぺこぺこと頭を下げた。お肉や野菜が焼ける匂いが立ちこめている室内、ふたりはソファでビールを飲んでいる。統理くんは緑青色、路有くんは熨斗目花色の浴衣。ふたりとも日本の男の人らしいすっきりとした色気があって、とてもよく似合っている。

「いらっしゃい。遅くまでおつかれさまでした。まずはビールでいいかな」

統理くんが言う。

「ありがとう。いただきます」

うなずくわたしの横で、百音ちゃんが「ええーっ?」と声を上げた。

「統理、それが最初に言うことなの?」

「え?」

「おめかしをしている女の人に、最初に言うことはなんですか?」

腰に手を当てて百音ちゃんが怒ったように問う。

統理くんは、ああ、とつぶやいた。

「うん、ええと、浴衣、似合ってますよ」

情感に乏しい褒め言葉だった。百音ちゃんはトホホと肩を落としているけれど、わたしは統理くんらしさに逆に和ませてもらった。おかげでリラックスして路有くんに向き合える。誘ってくれてありがとうと言うと、路有くんは満面の笑みを浮かべた。

「桃子さん、すげえかわいい」

少し酔っているのか、わずかに乱暴な言葉遣いが若い男の子のようで、一瞬、わたしの頭と心がからっぽになった。そしてなんの構えもできていないところに、それがきた。

――桃の浴衣、すげえ楽しみ。

あの日、別れ際に坂口くんはそう言って笑った。

果たされなかった約束はリボンのように、いつまでもわたしの胸を結び続けて、もうずっとほどけることはないと思っていたのだ。

「桃子さん？」

百音ちゃんが心配そうにわたしを見上げる。

路有くんと統理くんが驚いた顔をしている。
わたしも驚いている。
どうしてわたしは泣いているんだろう。

＊　＊　＊

坂口くんとわたしは、同じマンションのお隣さん同士だった。同じ幼稚園に通い、一緒にお遊戯（ゆうぎ）をし、同じ小学校に上がり、夏休みは一緒にラジオ体操に通い、幼なじみといってもいい仲だったけれど、中学に上がる前に坂口くんの家は引っ越してしまい、それきりとなった。

坂口くんは、わたしのひそかな初恋の相手だった。

中学生になると、わたしは人気のあるサッカー部の先輩に憧れた。真剣に好きというよりも、みんなでキャアキャア騒ぐことが楽しかったように思う。バレンタインには手作りチョコレートも渡した。けれど作りながらわたしが思い出していたのは坂口くんだ。

坂口くんも小学生のときから地元のサッカーチームに入っていて、日曜の朝早くから練習グラウンドに駆けていくのを、わたしはベランダからこっそり見送っていた。坂口くんにバレンタインのチョコレートを贈ったことはない。距離が近い分、絶対に気取(けど)られるわけにはいかなかったのだ。

もう会うこともないと思っていたから、高校で再会したときは驚いた。入学してしばらく経ったころ、向かいから廊下を歩いてくる男の子に見覚えがあるように感じたのだ。もしやと振り返ると、向こうもわたしを振り返っていた。

「坂口くん?」

「やっぱ、桃?」

わたしたちは引き返し、久しぶりだねと言い合った。

「今でも縁切りマンションにいるの?」

「その言い方やめて。そうよ」

「おばさんら、元気?」

「元気。坂口くんのほうは?」

「みんな元気。基(もとい)は俺の真似してサッカー部に入ってる」

「そうなんだ。基くん、こんなに小さかったのにね」

六歳年下の坂口くんの弟。わたしは自分の腰あたりを手で示した。

「今は桃と同じくらいだな」

「まだ小学生なのに大きいね」

「多分、俺よりデカくなる」

坂口くんが顔をしかめ、わたしは笑い、そこで会話は途切れた。

「……えっと、じゃあ、またね」

久しぶりの再会だったのに、もう話すことがなくなってしまった。

「おう、またな」

さっきまでの親しい空気が急にぎこちなくなって、わたしたちはじゃあ、じゃあと言い合って別れた。唐突な再会に胸は馬鹿みたいに騒いでいて、そのあとずっと、坂口くんと交（か）わした短い会話を、オルゴールのネジを回すように何度も何度も巻き戻した。

胸が震えるほど甘い音色にうっとり聴き入りながらも、「またね」が実現しないことはわかっていた。少し見上げなくてはいけないくらい背が高くなっていた坂口くんは、夏休みがはじまる前には女の子たちの間で気になる男の子のひとりになっていたからだ。

放課後、教室の窓からサッカー部の練習を眺める女の子たちがたくさんいた。中学のときみたいに一緒に騒げれば楽しかっただろうけれど、坂口くんにはそうできなかった。

数年の空白をはさんで、わたしの片想いは完全に復活してしまったのだ。

たまに廊下ですれ違うときも、坂口くんはいつも大勢の友人と一緒で、言葉を交わすことなんてできなかった。ときおり幸運にも視線を交わし合えたときは一日中嬉しかった。それで充分だったのに、二年のクラス替えで坂口くんと一緒になれたときは夢かと思った。

けれど嬉しい気持ちは初日にしぼんだ。地味なわたしは教室の前あたりのグループで、人気者の坂口くんは窓際の後ろのグループで、学年でも目立つかわいい女の子たちのグループがセットのようにくっついている。これから一年間、あれを見続けなくてはいけないのだ。

それぞれの委員を決めるホームルームで、わたしは図書委員になった。一年生のときに読書感想文のコンクールで銀賞をもらったことから、現国の担任から直接指名されたのだ。本は好きなのでまあいいかと引き受けたとき、教室の最後列から信じられない声が上がった。

「はーい、せんせー、俺も図書委員やりたーい」

手を挙げる坂口くんに全員が注目した。ええーと数人が声を上げた。おまえ本なんか読まないじゃん、高田さんにラブかーと野次が飛ぶ。わたしは耳まで熱くなった。

「どうせなにかやんなきゃいけないなら、楽そうなのがいいだろ」

屈託のない坂口くんに担任を含めたみんなが笑い、わたしも苦笑いで目を伏せた。

――そうだよね、それくらいしか理由はないもんね。

それでも、これから話ができる機会が増えるかもと期待してどきどきした。わたしも立候補すればよかったと他の女子が愚痴っているのが聞こえた。

けれど、わたしの期待は空振りが続いた。坂口くんは二年になってからサッカー部のレギュラーになり、夏のインターハイに向けて朝も放課後も部活漬けになっていた。それを知っている女の子たちが「委員会、代わりに出てあげる」と次々と代打を申し出る。

「いいよ。委員会出てから部活行くから」

「やっぱ高田さんが好きだったりして?」

からかってくる友人に坂口くんは眉をひそめ、「じゃあ頼む」と女の子に代打を頼み、不機嫌を隠さない大股で教室を出ていくことが繰り返された。

「坂口くんって全然顔見せないね。どうなってるの?」

図書室でリクエストカードの入力をしていると、他の委員の子から訊かれた。それが呼び水になり、次々と坂口くんへの不満が出てくる。代打の女の子はとっくに帰ってしまっていた。

「インターハイがあるからしかたないよ。うちはサッカー部しか強い部活ないし」

わたしはやんわりと庇(かば)ったが、そのせいで余計に文句に拍車がかかった。図書委員が楽だなんて舐めてるよ、ちょっと人気あると思っていい気になってる、別に恰好いいと思わない、と不満が続き、高田さんもそう思うよねとわたしに回ってきた。

「……うーん、そう、かなあ？」

すごく消極的に答えたとき、背後でドアが開いた。

「遅れてごめん」

坂口くんが入ってきて、みんながぎょっとした。

「え、あの、部活は？」

「途中で抜けてきた。さすがにサボりすぎだし、悪いと思って」

表情も声も完全に怒っている。坂口くんは空いてる椅子にどかっと腰を下ろしたが、準備室から先生が出てきて、もう遅いから帰りなさいと言った。坂口くんはえっという顔をし、みんなはそちらを見ないように帰り支度をはじめた。みんなが帰っていく中、わたしの横になんとなく坂口くんが並んだ。わたしはあんまりなタイミングに泣きたくなった。

「送ってやるよ」

昇降口で靴を履き替えていると、ぼそっと言われた。

「いいよ、そんな」

「あっそ。だよな。恰好悪い男に送られたくないよな」

坂口くんはぶすっとしている。

「わたし、そんなこと言ってない」

「そうだっけ？」

横目でにらまれ、わたしは唇を噛みしめた。すごくすごく消極的ではあったけれど、わたしは坂口くんの悪口に同意した。最低だ。本当はそんなこと全然思ってないのに。

「……ごめんなさい」

うつむいて鞄の持ち手をぎゅっとつかんだ。

誰もいなくなった昇降口で、少しの間、わたしたちは無言で向かい合った。

「……嘘だよ。ごめん。委員会ずっとサボってた俺が悪いし」

坂口くんらしからぬ気まずそうな声音に、おそるおそる顔を上げた。

「次はちゃんと出るから、許してくんね？」

こちらをうかがうような目から、反省していることが伝わってくる。口元をへの字に曲げた情けない表情に、いたずらが見つかって親に叱られている幼い坂口くんを思い出し、わたしは小さく笑った。ふたり並んで駅へと向かい、同じ方向の電車に乗る。

「縁切りさんってまだ屋上にあるの？」

「あるよ。国見のおじさんが毎日お勤めしてるし、おばさんが木や花のお世話してる」

「神社よりオープンカフェとかにしたほうが儲かりそうなのにな」

「そんなこと言ったらバチが当たるよ」

「けど、そう思わね？」

「ちょっと思う」

話しているうちに、わたしの降りる駅に着いてしまった。楽しい時間はあっという間に終わってしまう。じゃあねとわたしは開いたドアから降りようとした。

「久しぶりに縁切りさんに行ってみようかな」

「え？」

「来月から大会だし、悪縁切ってもらおうっと」

そう言いながら、坂口くんはわたしと一緒に電車を降りてしまった。

「おおー、懐かしい……って言いたいけど、なんか昔より新しくなってるような？」

久しぶりの古巣を見上げ、坂口くんは首をかしげた。

「去年、外壁の塗り替え工事があったの。お風呂や台所も新しくしてもらえたんだよ」

「そうなんだ。結構古いのに全然そう見えないな」

「家賃の値上げもないし、いい大家さんだってお母さんが言ってる」

「神社だし、あんま阿漕なことできねえんだろうな」

「その言い方」

エレベーターに乗り込むと、住人のおじさんと鉢合わせしたので、こんにちはと頭を下げた。おじさんがちらりと坂口くんを見る。これはお母さんに伝わるだろうか。お母さんはいいけれど、お父さんは門限や男の子とのつきあいに厳しいので困る。

エレベーターで五階まで上がり、そこから屋上へは階段を使う。この階段が少し暗くて、子供のころはとても怖かった。坂口くんも同じことを思い出していたようだ。

「小学生のとき、ここでみんなで肝試ししたよな」

「坂口くんがあんまり怖がらすから、基くんがおしっこ漏らしちゃったのよね」

「あれはいまだにネタにしてる。基のやつ真っ赤になって怒るからおもしろいんだよ」

「かわいそうだからやめなよ」

屋上に続く重いドアを押し開くと、びゅうっときつい風が顔に吹きつけた。

「おおー、ここは変わってない。すげえ懐かしい」

六月の黄昏（たそがれ）の下、小さな森のような屋上庭園を坂口くんは見渡した。砂利が敷き詰められた小道の奥に朱色の祠が見え隠れしている。両脇で祠を護る狛犬に「よ、久しぶり」と挨拶をし、坂口くんは財布から五円玉を出して賽銭箱に落として大きく手を打ち鳴らした。

坂口くんはかなり長くお参りをしていた。試合のことを祈ってるんだろうなと、わたしは黙って後ろで待っていた。しばらくすると、よし、と坂口くんがつぶやいた。坂口くんは祠に向かって一礼をすると、今度は賽銭箱の横に設置されている木箱から紙の形代と鉛筆を取った。

「縁切り神社だから、すぱっと切ってもらおう」

坂口くんは人の形をした白い紙の真ん中に『負け試合』と書いた。

「え、じゃあさっきはなにを祈ってたの？」

「言わない。口にしたら叶わないだろ」

そう言い、坂口くんはお祓い箱に形代を滑り落とした。お祓い箱の中には形代だけでなく、開封されていない煙草や缶ビール、手作りらしい人形なども入っている。煙草は禁煙で缶ビールは禁酒だろうが、手作り人形はなんだか変に顔が歪んでいて気持ち悪い。

「手作りってことはさ、切って捨てたい相手の髪の毛とか中に仕込んであるのかな」

「怖いこと言わないで」

「けど昔、すげえ怖い男きてたよな」

「アイドルのやつ？」

それぞれと盛り上がった。大学生くらいの男の人で、サングラスとマスクで顔を隠して連日お参りにきていた。当時人気のあったアイドルのファンだったようで、熱愛報道のあった人気俳優の名前を形代に書いて何百枚もお祓い箱に入れていた。お賽銭の額も相当だったのだろう、宮司をしていた国見のおじさんがさりげなく気持ちを聞いてあげていたのを覚えている。

「芸能人相手に馬鹿だよな。もう半分おかしくなってんだ」

「誰かを呪ったら自分に返ってくるって国見のおじさんは言ってたね」

「そういえば、俺も見事に返ってきたっけ」

坂口くんはひどい点数の答案用紙をお祓い箱に入れたことがある。しかし国見のおじさん経由で坂口くんの母親に返却され、余計に怒られるという事件があった。

「返すなら、俺に返してほしかった」

「馬鹿ね。名前を消してから入れればよかったのに」

そう言うと、坂口くんはなんとも言えない顔をした。

「桃はおとなしそうな顔して意外と腹黒だよな」

「頭の中に線が一本しか通ってない坂口くんに言われたくないよ」

「そんで実は性格もきつい」

懐かしい話をしているうちに、青色と桃色が混ざった柔らかな色合いの夕暮れに薄い月が出た。斜め下に小さく一番星が光っている。それでも坂口くんは帰るとは言わなかった。

「桃さあ、最初、全然俺に気づかなかったよな」

「最初？」

「高校に入学したとき」

「すぐ気づいたよ。廊下ですれちがったとき」

「あれ四回目だから」

わたしはまばたきをした。

「俺はすぐ気づいて毎回振り返ってたのに、おまえは冷たい女だよ」

「そうなの？　そんなにすぐ気づいたの？」

「うん」

　さっきまで楽しく話していたのに、坂口くんは急にぶすっとして立ち上がった。

「そろそろ帰る」

「あ、うん」

　答える間にも坂口くんはドアへと大股で歩いていく。ずっと楽しく話をしていたのに急に怒られて戸惑った。声をかけられずにいると、ふと坂口くんが振り向いた。

「今度の委員会、いつ？」

「さ来週の水曜日」

「じゃあ部活、休み届けとく」

「ありがとう」

「なんで礼言うの？」

　本当だ。同じ委員なのに、とわたしは恥ずかしくなった。

「また送ってやろうか？」

「へ？」

　間抜けな問い返しになった。

「やだ？」

　坂口くんが制服のポケットに手を突っ込んで首をかしげる。

「や、じゃない」

慌てて首を横に振ると、坂口くんは嬉しそうに笑った。坂口くんはじゃあなと帰ってしまい、わたしはその場に立ち尽くした。さ来週、また一緒に帰れる。また話ができる。初めて感じる高揚感に圧(お)されて、わたしはへなへなとその場にしゃがみ込んだ。

翌朝、教室に入るときは死にそうにどきどきした。

いつものように坂口くんは教室の後ろでみんなとたまっている。

意識していると思われたくないので、絶対にそちらを見ないようにした。けれど席に座って友達とおしゃべりをしていても、全身で坂口くんの気配を感じていた。

三時間目の教室移動で、わたしの机の横を坂口くんが通りすぎていくとき、椅子の脚をこつんと蹴られた。視線を上げると目が合った。にっと笑われ、わたしは耳まで赤くなったと思う。

その日から、わたしたちはこっそりと視線を交わしあうようになった。

梅雨も明けた蒸し暑い七月だった。坂口くんはあれから欠かさず委員会に出席し、帰りはお決まりのように屋上神社にやってきた。少し前からなんとなく好かれてい

る気がしていて、でも勘違いだったら恥ずかしいので、いい気にならないようにしていたのだけれど、

「好きだから、つきあってほしい」

坂口くんらしい、すごくストレートな告白だった。

「なんでわたしなの？」

坂口くんの周りには、学年でも目立つかわいい女の子がたくさんいる。

「わかんないけど、昔からかわいいなって思ってた」

「昔？」

「ここに住んでたときから。桃もそうかなって思ってた。違ってたら恰好悪いけど」

違わない。わたしも昔から好きだった。それだけ伝えるのに手間取って、何度もつかえて言い直し、おかげで充分に気持ちは伝わり、途中で安心した坂口くんが笑い出した。

「縁切り神社で告白してくる人に笑われたくないんだけど」

わたしはむっとした。

「そんなこと言ったら国見のおじさんに怒られるぞ」

「そうだね。それに坂口くんが悪縁だったら切ってくれるんだから、ちょうどいいか」

「おとなしそうな顔して、桃は言うときは言うよな」

坂口くんはしょっぱい顔をした。

「けど俺は切られない自信がある」

「どうして？」

「久しぶりにここきたとき、『桃に近づく男を切ってください』『そんで俺と桃がつきあえますように』ってお参りしたから。それでうまくいったんだから、ここの神さまは俺を認めたってことだ」

以前、坂口くんがずいぶん長くお参りをしていたことを思い出した。じわじわと顔じゅう熱くなってくる。こらえきれずにうつむくと、真っ赤、と頬を軽くつねられた。

委員会のあとは一緒に帰り、坂口くんの試合があるときは応援に行ったりしているうちに、わたしたちがつきあっていることは自然と広まった。人気のある坂口くんに釣り合わないと陰口をたたかれることもあり、良くも悪くも目立たなかったわたしはひどく傷ついた。

「……わたし、陰でビーナスって言われてるんだって」

その日、屋上神社で坂口くんに打ち明けた。

「すげえじゃん。ビーナスって美人のことだろ？」

た。

「違うよ。ビーナスって十回言ってみて」

坂口くんはきょとんとしながらも、ビーナスビーナスと繰り返して途中で気づいた。

「あ、なすび？」

わたしはこくりとうなずいた。それまで気にもしていなかったのに、わたしは自分が面長なのだと気づかされた。悔しさと恥ずかしさでうつむいていると、坂口くんが噴き出した。夏が近い屋上神社のベンチに座り、坂口くんはお腹を抱えて笑っている。あんまりな反応だった。

「坂口くんまで笑うなんてひどい」

「ごめん。けど誰がそんなうまいこと言ったんだと思って」

「……なにそれ」

わたしは陰口よりも坂口くんの無神経な態度にショックを受けた。悔しさと恥ずかしさに悲しみが加わって、鼻の頭が急激に熱くなっていく。

「わ、泣くな泣くな」

坂口くんはひどく慌てた。

「坂口くんもそう思ってるんだ。なすびに似てるって」

「思ってないよ。一パーセントも思ってないから堂々と笑えるんだろう。少しでも思ってたら笑えない。桃はかわいい。俺はそう思ってるよ。でないと好きにならない」

「嘘つき。かわいいなんてわたし言われたことない」

「俺が言ってるじゃん」

「それは坂口くんがわたしの彼氏だからだよ」

「そうだよ。彼氏だから桃のこと好きだし、かわいいって思うの当然じゃん。みんな好きな人のことはかわいく見えるじゃん。桃だって俺のこと恰好いいって思ってくれてるだろ?」

「それは……坂口くんは本当に恰好いいから」

泣きながら答えると、「俺もそう思ってるよ。桃は本当にかわいい」と言われた。お互いに「恰好いい」「かわいい」と言い合い、途中でおかしくなってきて、泣きながら笑っているとキスをされた。鼻水が垂れるのを必死に食い止めていたときだったので飛び退(の)いた。

「なんでこんなときにするの?」

「かわいかったから」

坂口くんが困ったように唇を尖らせる。ムードなんてちっともなくて、だけどわたしはもうなすびなんてどうでもよくなって、それよりもっと坂口くんのことを好きになった。

坂口くんがゆっくりと顔を寄せてくる。

二度目だ。わたしは今度こそちゃんと待ち受け態勢に入った。

目を閉じる前、坂口くんの肩越しに白いノリウツギがたくさん咲いているのが見えた。

それからも周りからいろいろ言われたけれど、そのたび坂口くんは笑い飛ばしてくれた。坂口くんの屈託のない笑顔を見ていると、くよくよしているのが馬鹿らしくなってくる。意地悪には知らんぷりしてつきあいを続けているうちに、自然と陰口も消えていった。

三年生になっても夏のインターハイに向けて坂口くんはサッカー漬けの日々を送り、けれど県予選の決勝で敗退した。いつも明るい坂口くんが泣いているのを見て、応援に行ったわたしも友人と抱き合って泣いた。地味な文化系だったわたしは、坂口くんのおかげで王道でわかりやすい青春を味わうことができた。あるいは、坂口くん自身がわたしの青春だった。

坂口くんはしばらくしぼんだ風船みたいだった。けれど受験シーズンはもうはじまっていて、わたしたちは同じ大学に行こうと約束をしていた。坂口くんは猛勉強する必要があり、わたしは勉強を教えがてら、坂口くんの家に頻繁にお邪魔するようになった。

「ええ、桃ちゃん？　創（はじめ）の彼女って桃ちゃんなの？」

坂口くんのお母さんはわたしのことを覚えていて、盛大に歓迎してくれた。

弟の基くんとも会ったけれど、最初はわからなかった。小学生なのにうんと背が高くて、あんなに小さかったのにねと言うと、いつの話してるの？　とあきれられた。

夏休みに入って、坂口くんの部屋で初めて結ばれた。映画や小説のようなロマンティックな雰囲気はまったくなくて、それより勝手がわからずお互い焦りまくり、失敗しないよう正しく遂行することに精一杯で、終わったあとはほっとして、ふたりで健やかに眠ってしまった。

途中、首がごろごろして目が覚めた。隣では坂口くんが軽い鼾（いびき）をかいている。腕枕って寝心地よくないんだなあと考えながら、ぼうっと坂口くんの寝顔を眺めていた。頭の上で透きとおった音が鳴る。窓に風鈴（ふうりん）が吊してあって、水色の色ガラスに夏の光が反射している。

眠る坂口くんの隣で、窓枠に切り取られた空を見た。幾層にも分厚く折り重なる純白の入道雲。通りを車が走っていく音や子供のはしゃぐ声。わたしはふたたび眠ってしまい、次に起きたときはもう夕方だった。階下で物音がする。

「やばい、母さんたち帰ってきてる。桃、服、服着ろ」

わたしたちは慌てて服を拾い集めた。本当にムードがない。

「じゃあ、わたし一旦帰るね」

「おう、七時に波町(なみまち)のコンビニ前で待ってる」

その夜は地元の花火大会だった。去年は坂口くんがサッカー部の合宿で行けなかったので、わたしはとても楽しみにしていた。お母さんにねだって浴衣も新調してもらっていた。

「なあ、浴衣どんなの？」

「言わない。言ったら楽しみが減るじゃない」

「もったいぶるなよ。どうせなに着たってかわいいんだしさ」

あの年頃の男の子にしては、坂口くんは言葉惜しみをしない人だった。思ったことを素直に口にする。一緒にいるだけで、わたしは目には見えない素敵なものをたくさんもらった。

「桃の浴衣、すげえ楽しみ」

別れ際まで、坂口くんは何度もそう言っていた。

友達から連絡がきたのは、お母さんに浴衣を着付けてもらっているときだった。

坂口くんが交通事故に遭ったと言う。同じ学校の子が事故を目撃していて、電話で回ってきたらしい。わたしはすぐに坂口くんの家に電話をしたけれど留守番電話に切り替わった。何度もかけたけれど誰も出ない。わたしは気分が悪くなってトイレに駆け込んで吐いた。

なにもわからないまま一夜がすぎ、翌日、ニュースを見た。脇見運転の車が歩道に突っ込み、重体だった高校生は未明に死亡したとアナウンサーが無機質に読み上げる。

「桃子と同じ高校の子じゃない。かわいそうに」

お母さんが朝食の用意をしながら眉をひそめる。

「桃子も行き帰りは気をつけるんだぞ」

新聞から目を離し、お父さんがテレビに向かって言う。

わたしはなにも反応できなかった。身体の奥底でとんでもない痛みが生まれつつあって、わたしはとっさに防御した。けれど抗しきれないことはわかっていた。

遠い場所でばらばらに散っていた悲しみが、徐々に胸の真ん中に集まってくる。ぐうっと喉奥からねじれるような声が洩れ、食卓に突っ伏して泣くわたしに、お母さんもお父さんも驚いた。どうしたの？　友達だったの？　わたしはなにも答えられなかった。

ただ、ただ、自分を砕く痛みに耐えていた。

残りの夏休みをどうすごしたのか、よく覚えていない。

＊　＊　＊

二十二年も昔の話だ。その間に幾人かつきあった人もいたけれど、なんとなくしっくりこず長続きしなかった。高校のときの同級生は進学や結婚で地元を離れ、たまに会ってもみんな現実をしっかり生きている。いまさら坂口くんの話なんてできなかった。

あれから限りなく夏は巡ってきたのにね。

わたしだけが、今もあの夏を更新できないでいるなんてね。

うあああん。

うああああん。

手放しの泣き声が聞こえて隣を見ると、百音ちゃんが膝を抱えて泣いていた。統理くんがよいしょと百音ちゃんを膝に抱き上げ、よしよしと背中を撫でている。

「ごめんね百音ちゃん、つまらない話をしちゃったね」

慌てて言うと、百音ちゃんは首を横に振った。

「桃子さんがかわいそう。坂口くんもかわいそう」

しゃくり上げながらこぼれた言葉にはなんの作意もなくて、今、百音ちゃんが小さな心いっぱいでわたしと坂口くんのあの夏を悼んでくれているのがわかった。

「線香花火しようか」

路有くんが言う。

「桃子さんとするんだって、百音が少し残しといたんだ」

国見家のベランダで、わたしたちは線香花火をした。国産で丁寧に作られているのかオレンジの火花がとても大きく遠くまではじけ飛ぶ。だんだんと火花が弱くなって、よじった紙の穂先に赤い滴がたまる。ぷくぷくとふくらみ、震えながら自重で今にも落ちそうになる。

落ちるな。

落ちないで。

どうか、どうか。

どれだけ祈っても、最後には落ちてしまう。わかっているのに、わずか一ミリの希望をみんな心の中に持ってしまう。それはきっと、わたしたちの生存システムにあらかじめ組み込まれているものなんだろう。

――それは救いなのよね？

線香花火を楽しんだあと、リビングに戻って鉄板焼きを食べた。路有くんがビールをついでくれて、いい感じに酔っ払った状態でみんなで写真を撮り、百音ちゃんがわたしの携帯電話にデータを送ってくれた。赤ら顔の三十九歳のわたしが写っている。

「びっくりするくらい似合ってないわね」

写真を見て笑った。明るい水色の蝶々柄はやはり若い子向きだ。一日働いた上に残業もして化粧は脂浮きしているし、目の下にうっすらクマができている。なのに、なぜか一段落した気分だった。嬉しい楽しいとは違う、長旅を終えて安堵(あんど)と疲労が混じったような心持ち。

統理くんたちと後かたづけをしている間に百音ちゃんがうつらうつらしはじめて、わたしはおいとまることにした。出しそびれたという大きな葡萄(ぶどう)までお土産にもらってしまった。

「桃子さん、これ」

帰り際、統理くんから本を渡された。

「返さなくていいよ。ぼくはもう何度も読んだから」

ありがとうと受け取り、国見家をあとにした。

わたしは家に帰らず、階段を上がって屋上へと向かった。

月明かりに照らされて、夜の庭園はひっそりと静まっている。坂口くんの事故のあと、数年ここには立ち入れなかった。

幼いころを共にすごし、告白をされたのも、初めてキスをしたのもここだった。坂口くんとの思い出がたくさんある場所は懐かしく、それ以上に悲しく、簡単に心を潰されそうで怖かった。やっぱり縁切り神社なんて不吉なところなんだと、八つ当たりに近い気持ちもあった。

国見のおじさんは宮司だけあって、わたしと坂口くんが屋上神社でたびたび親に隠れてデートをしていたことを知っていた。だから坂口くんの事故のあと、マンション内でわたしと会っても最近こないねとはけっして言わなかった。言ったのは、統理くんだ。

事故から二年ほど経っていて、わたしは地元の大学に進み、統理くんは中学三年生になっていた。その年齢の男の子独特の騒々しさとは無縁の淡々とした子だった。わたしは坂口くんのことを忘れたくて、なのに欠片（かけら）も忘れられず、何度も屋上への階段を上がり、どうしても入れず、ドアの前で立ち尽くすということを繰り返していた。それを掃除にきた統理くんに見られたのだ。

——最近こないね。

なにげなく放たれた言葉に、わたしは激しく揺さぶられた。少しでも動かしたら崩れるのがわかっていたから、触れないよう慎重にその周辺をゆっくりと回遊していたのに。

——ほっといて。

わたしはぎゅっと手をにぎり込み、けれど踏ん張りきれずにしゃがみ込んだ。お父さんのお手伝いでたびたび屋上を掃除していたから、わたしと坂口くんがつきあっていたことを知っているくせに、坂口くんが死んだことを知っているくせに、なんて無神経なことを言うんだろう。ひどい。ひどい。ひどい。心の中で何度も繰り返し、

——返してよ。

わたしはようやく、初めて、それを言葉にできた。今すぐ坂口くんを返してほしい。それはわたしが言いたくて言いたくて、けれど誰にも言えなかった神さまへの文句だった。

——ねえ、返してよ。返して。お願いだから。

言葉はとりとめもなく、わたしの口からこぼれ続けた。

統理くんはずっとわたしの前に立っていた。

散々泣いて、少し落ち着いてから、わたしは真っ赤な目で統理くんを見上げた。

統理くんは唇を噛みしめていた。なにも言わず、わたしの手を取り、屋上のドアを開ける。二年ぶりに見る屋上庭園には、あの夏、坂口くんと一緒に見た白いノリウツギが咲いていた。

――なんて綺麗。

なにかを見て、そう感じたのは久しぶりだった。

統理くんは、ただずっとわたしの隣にいてくれた。

そのあとマンションで顔を合わせても、特に統理くんと親しく話すことはなかったけれど、わたしはずっと彼に感謝していた。だから統理くんが奥さんと別れたこと、その奥さんが事故で亡くなったこと、忘れ形見の百音ちゃんを引き取ったことを聞いたとき、彼の心を思い、心配するふりでおもしろおかしく暇つぶしの噂をする人たちに対して心底から腹を立てた。

わたしはガーデンチェアに腰を下ろし、明るく輝く今夜の月を見上げた。

――坂口くん、今日、久しぶりにあなたに会った気がしたよ。

わたしなりに区切りをつけたつもりでいたけれど、やっぱりわたしは坂口くんのことを全然忘れていなかった。坂口くんを思うと心が激しく軋(きし)んで、痛くて、そんな自分を弱い人間だと感じた。だからいつも坂口くんを思い出すときは心を薄く薄くしていた。

――だって、いろいろなことがどんどん怖くなっていったのよ。

誰とおつきあいしてもしっくりこないまま、結婚や出産という当たり前のように敷かれているレールに乗れないこと。そのレール自体に疑問を感じること。そのくせ自分だけが置いていかれるように感じること。急いでみんなに追いつかなきゃと焦ること。でもどうしても一歩が踏み出せないこと。停滞感をごまかすために中途半端にお見合いをして、それで前進したつもりになって自分をまやかしていたこと。

一方で、わたしがわたしを憐れんでいたこと。

好きな男の子に先立たれたわたしは、なんてかわいそうなんだろう。

だから踏み出せなくてもしかたないのだと、心のどこかで弁護していた。

――ごめんね。坂口くんはあんなに一生懸命わたしを好きでいてくれたのにね。

弱いのは自分なのに、駄目なのは自分なのに、その言い訳に坂口くんを使っていた。

月から視線を下ろし、統理くんがくれた本を開いた。

茨木(いばらぎ)のり子の詩集だった。高校生のころに読んだことがある。怖いほど背筋が伸びていて、まるで叱られているように感じた。あのころのわたしはもっと、手に持つと柔らかく形を変える布地のような詩が好きだった。

ページをめくっていきながら、なんだか昔と印象が違うことに気づいた。

もっと硬い印象だった。もっと居丈高（いたけだか）な印象だった。

詩が変わるわけはないので、受け取るわたしの心が変わったのだろう。不思議だ。

昔は怖かった部分が素朴で朴訥（ぼくとつ）に感じられる。

読み進めていく中で、ふいに目が縫い付けられた。

静かに、息をすることすら忘れていたかもしれない。

文字のひとつひとつが目からわたしの中に入り、心にゆっくりと焼きついていく。

けれど歳月だけではないでしょう
たった一日っきりの
稲妻のような真実を
抱きしめて生き抜いている人もいますもの

早くに夫を亡くしたあと、独り身を通した人だということは知っていた。

背筋の伸びた印象は変わっていない。昔は怖かったそれが、今はまっすぐ進んでいくための光の矢のように感じる。わたしの心を射貫いて、言葉はさらに遠くへと飛んでいく。もっともっとたくさんの人を射貫くために、その威力を失いもせず、どこまでも。

見上げると月の位置が変わっていた。ずいぶん長くぼんやりしていたようだ。

ねえ坂口くん、と語りかけた。

こんなに長い時間がすぎたのに、わたしはやっぱりあなたが忘れられない。だから、もう、そう生きていってもいいかな？

立ち上がり、庭園の奥へと続く砂利を歩いた。埋め込み型の灯りがうっすら足下を照らしてくれる。朱色の祠の前に立ち、わたしは手を合わせた。それから横の木箱から形代を取り、備えつけのペンで『世間体』と書き込んで、お祓い箱に静かに滑り落とした。

母親はまだ起きていた。ダイニングテーブルでクロスワードパズルをやっている。わたしを見ておかえりなさいと老眼鏡を外し、よいしょと立ち上がった。

「どこ行ってたのよ。そんな浴衣着ていって笑われなかった？」

「かわいいって褒められた」

「そんな周りに気を遣わせて」

「確かにそうだったかも」

「お茶でも飲む？　そういえば小川さんからまたお見合いの話がきたのよ」

わたしの返事を聞かず、お母さんが早口で話しながら冷蔵庫から麦茶を取り出す。

「こないだの人は死別だったからハードルが高かったのよ。今度は初婚だから大丈夫。年は少し上になるけど穏やかで優しい人だって。それで来月あたり段取りをつけましょうかって」

「断っておいて」

「そんな一刀両断にしないで、会うだけ会ってみればいいじゃない」

「わたし、好きな人がいるから」

お母さんがこちらを見た。少し遅れて、ええっと驚く。

「なに？　そういう人がいたの？　どれくらいおつきあいしてるの？　結婚の話は出てるの？　今度家につれてらっしゃい。おつきあいをいつまでも長引かせるのはよくないのよ」

「つきあってたけど、亡くなったの」

お母さんは口元に手を当てた。

「いつ？」

おそるおそる問われた。

「高校三年生のとき」

今度はぽかんとされた。

「高校生？」

「三年の夏休みのとき、交通事故で亡くなった同級生がいたでしょう」

「ああ……、朝ご飯のときに、あなた、いきなり泣き出したことがあったわね」

わたしはうなずいた。

お母さんは困ったような、あきれたような顔をしている。

「でもあなた、そんな何十年も昔のこと」

「わたしは忘れられないの」

絶句したお母さんにおやすみなさいと言い、わたしは部屋に引っ込んだ。

ベッドに腰かけて、長い息を吐いた。座ったまま行儀悪く帯をほどいていき、ふっとゆるんだ解放感に任せてぱたりと横になった。お母さんの顔を思い出すと笑ってしまう。

そりゃあそうだろう。高校生のころの恋人を忘れられないなんて馬鹿げている。けれどどれだけ馬鹿げていても、これが三十九年かけて作ってきた自分だった。

息を深く吸って、長く吐いて、目を閉じた。

ああ、気持ちいい。

ずっと鍵をしてきた気持ちを開け放してすっきりしている。だけど不安や怖い気持ちが消えたわけじゃない。隣に誰もいないこと。ずっとひとりで生きていくかもしれないこと。不幸な人だと指されること、かわいそうな人という目で見られることが怖かった。それは今も変わらず不安なままで、けれどそういうわたしを、わたしだけは受け入れてあげようと思う。

わたしは不幸かもしれない。

わたしはかわいそうかもしれない。

けれどわたしの中には、たった一度の雷鳴が今も響いている。

たった一度の恋が、永遠になってもいいじゃない。

誰かに証（あか）す必要なんてなく、わたしはわたしを生きていけばいい。

詩集の表紙に触れてみた。統理くんも、こんなことを考えたんだろうか。だからこれをくれたんだろうか。だとしたら、ひとりじゃないんだと、ほんのわずか心強くなれる。

人の心のうちなんてわからない。けれど、それでも、今かすかに触れたかもしれないと思える瞬間、それがあれば充分だと思える。みんなそれぞれ厳密にはひとりずつで、その折々でつながったり、離れたりしながら生きている。

わたしも、いつか新しい雷鳴を誰かと聞くかもしれない。

それは誰にもわからなくて、わからないことは不安であり、救いでもあるのだと思う。

ロンダリング

俺が暮らすマンションの屋上には、縁切りの神さまが祀られている。

地元では縁切りマンションと呼ばれ、親友がその神社の宮司をやっているという話は、オカルトやスピリチュアルが好きな客相手だとかなり盛り上がる。散々盛り上がったあとは、そんなところに住んでいるせいか彼氏いない歴四年という俺自身でオチるので罪がない。

最終電車までの時間帯が一番混み合い、それをすぎると長くゆっくり飲む客が残る。それも三時くらいで引け、俺も一息つくころ、くたびれたブラックスーツの男がやってくる。

「おつかれさん」

近くのキャバクラで黒服をやっていて、知っているのはトワという呼び名だけ。名前だろうか名字だろうか。年齢は俺と同じ三十代半ばくらい。店を閉めたあと客とつきあい酒をして、大体いつもこの時間にやってくる。

「おみやげ」

カウンターに肘をつき、コンビニエンスストアの袋を差し出す。トワさんは黒服のくせに下戸で甘党という変わり種で、いつもコンビニデザートを差し入れに持ってくる。

下戸なのに黒服やってるなんて変わってるねと言うと、

——酒場のさ、ちょっと幸せで薄っぺらい雰囲気が好きなんだよね。

と返された。わかる。みんな無防備になって上滑りしたことばかりを言い、たまたま隣り合っただけの人間にのっぴきならない打ち明け話をしたり、それもすべて夜が明けると消えてなくなる。アルコールがもたらす、悲しくて馬鹿で救いも発展もない感覚が俺も好きだ。

「これは悲しい出会いだな」

差し入れにもらったチョコミントクリーム大福は、残念極まりない味だった。

「好きな人は好きみたいだけどね」

「トワさんは好きなの？」

「特には」

「じゃあなんで買ってきたの？」

「路有くんのしかめっ面が見たくて」

なんだそれと酒の代わりに茶を淹れた。香ばしさが匂い立つ。

「うまいね。いいお茶だ」

「一保堂のほうじ茶だよ」

下戸のトワさんのために、俺は茶を何種類か常備するようになった。

「バーなのに悪いね」

「いえいえ、一杯七百円です」

「ぼったくりか」

冗談口で笑い合った。

「明日もここにいる?」

茶に息を吹きかけながらトワさんが訊いてくる。

「どうかな。明日にならないとわからない。フェイスブックで確認して」

「路有くんはなにからも自由でいいね。嬢からも客からもこき使われる俺とは大違いだ」

「あのねえ、なにからも自由なんて、そんなやついるわけないだろ」

俺は苦笑いを返した。移動式の屋台バー、風の吹くまま気の向くままとはいえ、どこでも好きな場所で店を出せるわけではない。

まず土地ごとに営業許可がいる。庇から吊している白熱球のライト。そのための電源を借りられるよう、事前に近所の店に話をつけておかなくてはいけない。怖いお兄さんたちの財源になるような店の近所もよろしくない。条件を満たす五、六ヶ所を気分で回っている、というのが実情だ。

たまにはそれらすべてを無視した場所にキャンプ用のランタンを二、三個吊して渋く営業したりもするけれど、トワさんがくるようになってからここに店を出すことが増えた。

「そういえば、今日もきてたね。あのゲイっぽい眼鏡の人」

「岳(たけし)さん？　なんで知ってるの」

二煎目を淹れながら尋ねた。

「途中で客の煙草買いに出たときに前通った。やたら盛り上がってた」

「娘さんの誕生日の話してたときかな。岳さん、子煩悩だから」

「娘の誕生日ねえ。ばりばりノンケなのに、なんであんなまぎらわしい雰囲気出してんだ」

「確かに岳さんはゲイっぽい」

俺は小さく噴き出した。

「ま、妻子持ちの隠れゲイも多いけどな。路有くんの前の彼氏みたいに」

「うちのは女と結婚しただけで子供はいないよ」

そう言うと、あきれた顔をされた。

「別れて四年も経つのに、うち、はないでしょ。うちは」

もっともな突っ込みに自分でも恥ずかしくなった。

「まだ惚れてるの？」

「まさか」

トワさんはなにか言いたげな顔をする。

「なに」

「いやあ、なにからも自由な路有くんを縛るものがあるんだなあと」

トワさんはしょぼしょぼと茶を啜り、どうなんですかねと俺は返した。

俺は自分の性的指向を特に隠してはおらず、言葉の端々から察する人は察する。トワさんも似たスタンスで、最初に店にきたときから互いにピンときた。トワさんから好意を持たれていることに俺は気づいているし、俺が好意を持っていることをトワさんも気づいている。

——なんでさっさと行かないの？

——もったいぶってると横からかっ攫われるぞ？

ゲイ仲間からはせっつかれている。地方都市でゲイの恋愛は厳しい。単純に出会いが少なく、たいして好みじゃなくても妥協したりもする。それを思えば今の状況は贅沢この上ない。

——顔が趣味じゃないのか？

——いいや、ちょっと崩れた感じの垂れ目で甘えた悪い顔をしてる。
——おまえの好みど真ん中じゃないか。
——そうなんだけど、どうにもはじめの一歩が出ないんだよな。

コンビニスイーツを食べ、茶を飲んでいると他の客がやってくる。みな上機嫌で、なのに疲れた顔をしている。帰って寝ればいいのに、疲労よりも人恋しさが勝つ人種がいる。くたくたになっても誰かと一緒にいたくて、それでも帰ったらやっぱり寂しい。そういう連中で深夜のバーはにぎわう。東の空が明るくなってきたころ、帰っていくトワさんたちを見送った。

テントをかたづけ、さて俺も帰りますかと車に乗り込む。このとき一瞬だけ、自分の中に空洞を感じる。俺も寂しい連中のひとりなのだ。けれど俺にはまだ、統理と百音のために朝食を作るという仕事がある。ふたりがいるから、俺は安心して家路を辿れる。

マンションの駐車場に車を停め、営業中に出たゴミや洗い物を手にエレベーターに乗り込む。それらを自分の部屋に放り込み、隣の国見家に合鍵で入る。ふたりともまだ寝ているので家の中は静かだ。まずはコーヒーを淹れ、冷蔵庫の中を確認してメニューを考えていると、

「おかえり、おつかれさん」

統理がリビングダイニングに顔を出した。パジャマではなく普段着だ。

「ただいま、徹夜したのか？」

「早めに起きてやってた。百音が熱っぽくて、昨日は付き添って九時に寝たから」

「風邪か？」

「わからん。微熱だったけど咳も少し出てた」

「うーん、じゃあとりあえず今朝は風邪メニューでいくか」

統理にコーヒーを淹れたあと台所に立った。咳対策にまずは生姜ドリンク。喉が痛いだろうからお粥にしよう。コンソメ味のトマトジュースで煮込んで玉子を落とした。

「統理、路有、おはよう」

百音が起きてきた。いい匂いと鼻をくんくんさせながら鍋を覗き込んでくる。

「トマトのお粥？　おいしそう、早く食べたーい」

「その前に熱を測ろう」

統理が百音の脇に体温計をはさませる。結果は平熱だった。頭は痛くないか、喉はイガイガしないか、身体はだるくないか、百音はすべて首を横に振った。一晩寝たら復調したようだ。

「よかったよかった。だったら普通の飯にしとけばよかったかな」

「ううん、トマトのお粥すごくおいしそうだもん」

「じゃあ用意しとくから、さっさと歯磨きだけしてこい」

はーいと百音が統理を引っ張って洗面所へ行き、俺は鍋を火から下ろしてテーブルに運んだ。昨日の残りもののサツマイモのきんぴら、キャベツとシラスのサラダ、大人組の飯用に塩鮭と味噌汁、あとはヨーグルトと生姜ドリンクというテイスト無視の朝食を用意した。

「お粥ってなに味でもおいしいねえ」

百音はトマト粥にさらにパルメザンチーズをふりかけている。統理が一口食べ、洋風おじやもうまいなと言い、今度お粥パーティをすることになった。一日の最後の仕事も首尾よく終わり俺は満足だった。あとは自宅に帰って安らかに眠るのみ
――のはずが、

「ああ、これ、なんでかわからないけどうちに届いてたぞ」

統理からハガキを渡された。ひまわり畑の写真が印刷してある。暑中見舞いか。しかしもう残暑見舞いの時季だ。間抜けな友人は誰だと裏返し、差出人を見て眉をひそめた。

藤森忠志（ふじもりただし）――四年も前に別れた元カレだ。

統理がしょっぱい顔で俺を見ている。

「そんなの捨てちゃいなよ」

百音が怒りのまま、ヨーグルトにかけるブルーベリーソースのチューブをにぎりしめた。ぶちゅっとソースが飛び散ってパジャマを汚し、百音の怒りをさらにかき立てた。

「路有にひどいことしたのにずっと知らんぷりして、いきなりそんなの送ってくるなんて失礼だよ。うちのクラスなら、帰りの会で立たされてキューダンされるところだよ」

「そうなのか？」

「そうだよ。うちのクラスに中田くんと由梨ちゃんっていう仲良しのカップルがいて、ふたりは三年生のときからつきあってたんだよ。でも夏休みの前に中田くんが別れようって由梨ちゃんに言ったの。別のクラスの女子を好きになったんだって」

「同じ学校の女子か。それはつらいな」

そうなのと百音が溜息をついた。由梨ちゃんは授業がはじまってもずっと机に突っ伏して泣き続け、その日の帰りの会で、由梨ちゃんと仲のいい女子グループが中田くんを糾弾すべく議題に出した。そういうことはふたりで話し合ったほうがいいと教師は止めたが、怒れる女子の勢いは止まらず、中田くんは立たされた。

そしてその女子のどこを由梨ちゃんよりも好きになったのか、その女子は中田くんの気持ちを知っているのか、この先その女子とおつきあいがはじまったらふたりで由梨ちゃんに謝罪するのか、由梨ちゃんとは同じクラスなのに今後どう対応するつもりなのか、と次々繰り出される質問に、最後は中田くんも泣き出してしまったそうだ。

「どんな正義の矢も、千本射れば殺戮に変わる」

統理がつぶやき、俺も状況を想像して震え上がった。

「百音も中田くんを責めたのか？」

統理の問いに、百音は首を横に振った。

「でも黙って見てたから、同罪だと思う」

百音は気まずそうに、パジャマについた赤紫のソースをいじいじとさわった。

「心変わりをされたほうは悲しいけど、それはどうしようもないことなんだって、前に路有が失恋したときに言ってたでしょ。でも泣いてる由梨ちゃんを見てると中田くんが憎たらしくて張り倒したくなるし、でも帰りの会は公平な話し合いの場だから、わたしと由梨ちゃんが友達で、だから中田くんを許せないって気持ちは出しちゃいけないと思ったんだよ」

「理性と感情の狭間でもがいたんだな」

しゅんとうつむく百音の頭を、俺と統理は左右から撫でた。

「それでいいじゃないか。そもそも恋愛問題なんて他人が断じることじゃない」

「そうそう、百音は精一杯友達のために考えた。今回はそこに価値がある」

俺も言い添えたが、でもね、と百音はきっと顔を上げた。

「中田くん、夏休みに入ってから由梨ちゃんにやり直したいって言ったんだよ」

「まじで？」

「心変わりしたっていう女の子と何度かデートして、やっぱり由梨ちゃんのほうが好きってわかったんだって。それはちょっと勝手じゃない？　相手の女の子はもう中田くんのこと好きになってて、あっちはあっちで由梨ちゃんのことひどいって言ってるんだって」

「ド修羅場製造機みたいな男だな」

男でも女でもたまにいるタイプだ。おそらく中田くんは大人になってもあちこちに火種をばら撒いて炎上させるだろう。そして理不尽ながら、そういう男女ほどモテる傾向にある。

「中田くんって、路有の元カレと似てる気がする」

百音が言い、俺は予想外の方向から袈裟(けさ)斬りにされたように感じた。

「あっちからふったくせに、いまさらそんなハガキ出してくるんだもん」

百音はじろっと俺が持っているハガキをにらんだ。

なるほど。言われてみれば忠志と中田くんには共通点がある。どちらも悪気なく相手を振り回す上に、自分のわがままは許してもらえると信じている。厚かましいことこの上ないが、そういう人間にありがちな甘え上手なところが魅力のひとつで、さらに腹立たしい。

「その写真も怖いよ。女の人の生首が浮いてて呪いのハガキみたい」

「生首?」

俺はハガキを裏返した。ひまわり畑に女がひとり立っているのだが、周りすべてひまわりに囲まれ、女の顔だけがぽつんと浮かんでいるように見えないこともない。

「百音、これは生首じゃなくてソフィア・ローレンだ」

「誰?」

「イタリアの女優で、この写真は『ひまわり』っていう映画のワンシーン」

「聞いたことない」

「昔の映画だからな。俺や統理が生まれる前か」

「江戸時代?」

俺と統理は百音の頬を左右からつねった。柔らかくて餅みたいによく伸びる。

「哀しくて綺麗な映画だ。大人になったら観るといい」

「今観ちゃ駄目なの?」

「映画も小説も人も、出会うタイミングってもんがあるんだ」

「わたしは好きな子とはいつ会っても楽しいよ？」

「俺もそんな時代に戻りたいよ」

溜息をつくと、百音はよくわからないというように首をかしげた。

朝食のあと、統理は宮司の勤めをはたしに屋上神社へ行き、夏休み中の百音も掃除の手伝いについていく。今から一日をはじめるふたりを送り出し、俺は一日を終わらせるため隣の自室に帰る。今日も一日よく生きた、おつかれさんとベッドに沈むと満足の吐息が洩れる。

——うん、今のところ足りないものはないな。

カーテンを閉めた薄暗い部屋、安堵と似た眠気の中で今の生活をさらってみた。明け方に帰ってきて統理たちと朝食を食べ、自分の部屋に戻って眠り、昼に起き、シャワーを浴び、買い物に行ったり、だらだらしたり、百音たちと午後のお茶をしたりして過ごす。夕飯は統理の担当なのでまた三人で食べ、少しゆっくりしてから夜の街へと出勤する。

完全な同居ではなく、距離感のちょうどいい家族のような暮らしがそろそろ四年続いている。仕事は大儲けはしていないが、自分ひとりなら充分暮らしていける。家族と縁が薄い分、友人づきあいは大事にしている。取り立てて不自由はなく、満たされていると言ってもいい。

——だから、なかなか恋をしようという気にならない。

恋愛はめんどくさい。いいときはいいが、悪いときは直滑降で落ちる。惚れるときはなんてことない理由だったりするのに、別れるときは多大な言い訳と労力を必要とする。ひまわり畑のハガキを思い出し、かつての愁嘆場が数珠つなぎに蘇っていやあな気持ちになった。

——あんなのはもう二度とごめんだな。

むくりと起き上がり、ダイニングテーブルに適当に置いていたハガキをゴミ箱に捨てた。すっきりした気分で寝室に戻り、今度こそ眠りを貪った。

嫌な夢を見た。一面のひまわり畑を忠志と歩いている。雰囲気的にソフィア・ローレンが俺だった。なにを話しているのか、顔を寄せて楽しそうに笑っていた。水に溶けるティッシュ並みに薄っぺらな幸せが永遠に続くと信じている馬鹿顔で——。

目覚めてすぐ、ダイニングのゴミ箱に捨てたハガキを拾い上げた。

中田くんも相当な修羅場製造機だが、こいつも負けていない。四年ぶり、唐突な上に時季遅れの暑中見舞い。メッセージはなく、昔ふたりで観た映画のハガキを使ってくるところが思わせぶりすぎて、ドラゴンスープレックスを決めてやりたいほど腹立たしい。

——燃やそう。

ガスレンジのつまみをひねり、青く燃え立つ炎にハガキをかざそうとした。しかしできない。なぜだ。もう四年も経つのに、俺はなにをためらっているんだろう。

しばらく炎をにらみつけていたが、答えの代わりに舌打ちが出た。

こんなに腹立たしいのは、自分が相手の思うつぼにはまっているからだ。忠志はいまさらなぜこんなものを寄こしてきたのか、なにかあったのか、伝えたいことでもあるのか、と気にしている。むかつきながらシャワーを浴び、ハガキを手に車に乗り込んだ。

適当にだらだらと走り続け、小腹が空いたので国道沿いの喫茶店に入った。昔はおしゃれだったのだろうクリームを塗りたくったような外壁は車の排ガスで灰色に汚れ、中に入ると愛想もやる気もなさそうな老婆が俺を見て溜息をついた。なぜだ。客だぞ。

レトルト丸出しのピラフを食べ、腹が膨れると眠くなってきたので、がら空きなのをいいことに居眠りをした。目覚めると老婆がカウンターに肘をついてワイドショーを観ていた。ごちそうさまとレジへ行くと五百円を請求された。安い。消費税も取ってない。なんだか申し訳なくなり、ありがとうねと言うと、また溜息をつかれた。だからなぜだ。客だぞ。

世の中には変わった店があると思いながらまた車を走らせ、気持ちのいい河原があったので停まってみた。川の水面に光が反射している。ぼんやり眺めているとラインがきた。

『夕飯できた』

しまった。統理に連絡するのをすっかり忘れていた。

『悪い。今夜はいらない』

返信すると、

『飯を無駄にさせるな』

と、お叱りの返事がきた。そのとおりだ。食欲、睡眠欲、性欲、三大欲に関することで不義理をすると確実に相手を不快にさせる。適度な距離感で心地よくつながれるのは、互いに気遣いを忘れないからだ。関係に慣れて侮(あなど)ると、最終的に自分が痛い目を見る羽目になる。

『悪かった。ちょっと出かけてくる。二、三日、飯関係はパスで頼む』

少し間が空いた。

『わかった』

いつもはしないうっかりミスのあとだが、統理は理由を訊いてこない。

元カレからのハガキが原因だと察しているのだろう。統理は感情が表に出ないタイプで、翻訳なんてしているのだから語彙は豊富なくせに一対一のトークは不得手で、客商売で愛想はいい俺とは正反対と言える。小回りの利く俺が関係をフォローしていると思われがちだが、実際、助けられるのはもっぱら俺のほうなのだ。

統理と出会ったのは、俺がまだ繊細なガラスのような心を持っていた高二の春だった。

親がふたりとも教師という家に生まれ、今となっては疑われそうだが、当時の俺はおとなしい優等生に分類されていて、同じクラスの優等生グループの中に統理がいた。

事件は二学期に起きた。放課後に友人の家に寄り、当時人気だった若手女優の大胆な濡れ場が話題になった映画を観ていたときだ。すでにゲイの自覚があった俺はその場の盛り上がりに合わせられず、女の裸を見てもぴくりとも反応しない自分に傷ついていた。

我が家には、世の中のルールからはずれることは周りに迷惑をかけ、ひいては自分をも不幸にする悪しきことである、という厳然たる価値観があった。制服のシャツの第一ボタンをはずすのは夏しか許されない。俺は息苦しさにあえぐような十代をすごしていた。

いつだったか、ニュースで当時まだ珍しかったＬＧＢＴ問題が取り上げられたとき、

――これからは学校でもこういう問題が増えてくるんでしょうね。

――対応が難しいな。一歩間違えれば生徒の一生に関わる。

父親も母親も真剣に、しかし教師という完全なる他人の立場で憂慮していた。

死んでも打ち明けられない、とふたりの子供である俺は思った。

誰にも言えない自分のセクシャリティに、当時の俺は日々びくびくしていた。今では適当に流せることのすべてが、あのころは針となって心を突き刺した。いつもそこから恐怖や焦燥が入り混じった膿のようなものを垂れ流しているように感じていた。女の裸にみんながはしゃぐほど、身の置き所がなくなっていく。

唇を固く引き結んでいる俺を見て、友人がふざけて肩をぶつけてきた。

「なにしらけてんだよ。ホモかよ」

とっさに反応できず、俺は真顔で固まった。

時間にすれば数秒だったと思う。

けれどなにかが露呈するには充分な数秒だった。

「……え、なに？」

友人たちの戸惑いの目。今ならいくらでもごまかせるのに、十七歳だった俺は鞄をつかんで部屋を飛び出すという、言い訳できない最悪の行動に出てしまった。

どうしよう、どうしようと叫びたい気持ちで駅へとひた走った。頭の中に不快な羽音が充満していて、振り払えずどこまでもついてくる。

電車に乗ると振動で吐きそうになった。口元に手を当てると、隣に立っていた親子連れがそっと俺から距離を取った。

自分という存在そのものが、汚いものとして扱われたように感じた。自分がいてもいい場所など、世界中どこにもないのだと——。

家に帰ってから、一心不乱に自殺の方法を調べた。そのうち階下から夕飯に呼ばれ、はーいと返事をして、普段どおり優等生の息子の顔で食卓についた。死にたいと思いながら、生きるための栄養を摂っている。心と身体がバラバラで、つなぎようがなく感じていた。

翌日、学校に行くのが恐ろしくてたまらなかった。けれど体調不良以外での欠席は許されず、登校するふりで街をぶらつくという発想もない。俺は本当に真面目くんだったのだ。

幸いにもいじめはなかったし、おもしろおかしく吹聴（ふいちょう）されることもなかった。ただ遠巻きにされるようになった。互いの共通項でしかつながれない年頃で、友人たちは異星人を見るような目で俺を盗み見た。視線から伝わってくる困惑と生理的嫌悪。これから一生そういう目で見られ続けるんだろうと、俺には声をかけず帰っていくみんなの背中をひとり見送った。

ゲイなのだから罰を与えられてもしかたないと思っていたのだ。今なら、おまえはなにも悪くない、しっかりしろと肩を揺さぶるところだが、十代なんてそれくらい世界がせまかった。たったひとつのコミュニティからはじかれることが、終わりと同じ意味を持っていた。

「帰らないのか？」

放課後の教室でうなだれていると、統理が声をかけてきた。俺は目を伏せ、鞄を持ち、のろのろと刑場に引き出される罪人のような足取りで教室を出た。隣に統理が並ぶ。どうして隣にくるんだろう。みんなと帰らないんだろうか。おそるおそる見ると、統理もこちらを見た。

「なに？」

「いや、別に」

「そうか。じゃあ帰ろう」

統理は当たり前のように歩き出し、俺はおずおずとついていった。こんな状況でなにを話していいのかわからないし、統理は普段から口数が多くないのでひたすら沈黙が続く。

駅前のコンビニに差し掛かったとき、店の前にたまっている友人たちと出くわした。とっさに俺はうつむいた。目を合わせないよう通りすぎようとした。

「路有、ごめん」

えっと振り向くと、ひどく申し訳なさそうな友人たちの顔があった。

「俺ら、路有のこと嫌いになったとかじゃないからな」

俺はぽかんとし、我に返って急いでうなずいた。

「あ、うん、うん、わかってる」

何度も小さくうなずく。許してもらえた、と思った。なにを誰に許される必要もないのに、安堵と感謝のあまり、俺は媚びた笑みすら浮かべていたと思う。

「ほんと、ごめん」

「いいよ、そんなの。俺だって――」

また友達同士に戻れるのだと一歩踏み出したときだ。

「けど路有といると、俺らまでホモって思われるかもしれないし」

俺の笑顔は凍りついた。

「でも俺ら、別におまえのこと気持ち悪いとか思ってないから」

「そうだよ。心の中では友達だと思ってる」

「でも、だから、その、ごめんな？」

申し訳なさそうな友人たちの表情に、俺はようやく理解した。

だからおまえとはもう話さないけど、許してくれよな、ということだ。

なんだそれ。どうせ話さないなら、ごめんなんて言わないでくれ。ああ、でも謝ってもらえるだけマシなのかな。なにがなによりマシなのかわからないけれど、考えることすらもう面倒だ。そもそも普通じゃない俺が悪いんだし、みんな早くこの時間が終わればいいという顔をしているし、そうだな、うん、いいよ、気にするなよ、そう言いかけたときだ。

「それは甘えだろう」

　俺を含めたみんなが、えっと統理を見た。

「そんなふうに謝られたら、路有は『いいよ』って許すしかなくなるじゃないか。でも本当はおまえら、自分たちが間違ってることをわかってるんじゃないのか？」

　統理はいつものように淡々と話す。

「理解できないならできないでしかたない。だったら黙って通りすぎればいいんだ。なのにわざわざ声かけて、言い訳して、路有に許されることで自分たちが安心したいんだろう。けど良心の呵責（かしゃく）はおまえらの荷物だよ。人を傷つけるなら、それくらいは自分で持て」

俺も含めて、みんなが呆然とした。

統理はそれ以上は言わず、ただ黙って待っている。

言うことは言ったから、あとは自分たちで決めてくれ、というふうに。

「……ごめん」

しばらくすると、友人のひとりが言った。

それはさっきの『ごめんな？』とは違っていた。他のやつらもごめん、ごめんと同じ響きの謝罪を口にし、目を合わさないよう俺の横を通りすぎていき、俺と統理だけが残された。

理解できないならできないでしかたない。

だからみんな黙って通りすぎていった。

それがみんなの答えで、そのことに俺は、そうか、ならそれでいいと納得できた。孤独感からの投げやりな感情ではなく、世の中にはどうしたってわかりあえないことがあって、もうそれでいいじゃないかと思えたのだ。

なぜなら、俺の隣には統理という友達がいたからだ。

ありがとうとは言えなかった。

一言でも口を開けば、泣いてしまいそうだったのだ。

青すぎた高校時代を経て、今や三十代も半ば、俺はずいぶんと図太くなった。いちいち傷ついていたら生きていけないほど世の中は世知辛かったし、たまに絶望するほど意地が悪かったし、けれどそのときどきで心を救ってくれる出来事や出会いがあった。それでもあのときの統理以上の救いはなく、それ以降も統理には散々に世話になっている。

死んでも打ち明けられないと思っていた自分の性的指向を、ついに両親にカミングアウトし、予想以上の拒絶反応で実家を追い出されたときも統理の東京のアパートに一時避難（ひなん）した。父親も母親も、教師としてなら対応できることに親としては破綻（はたん）した。同じ案件でも立場が変わると受け入れられないなんてよくあることで、それは理屈の範囲外のことになる。

——理解できないならできないでしかたない。

——だったら黙って通りすぎればいいんだ。

それは血のつながった親と子にも当てはまるのだと、知りたくもないことを知った。そんなもんだよ、血も水も変わりやしないんだ、と同じゲイである友人から乱暴に慰められた。友情は俺を傷つけ、救い、血は俺を生み出し、切った。この先も様々なものが俺を傷つけ、救ってくれるのだろう。すべては循環だ。それは俺が生まれて死ぬまで続いていくのだろう。

俺も大人になったもんだと達観を気取っていた三十代の入り口、夫婦も同然の暮らしをしていた忠志にふられ、俺はまたもや人生のどん底に叩き落とされた。達観など一瞬で飛び散り、心は思春期の乙女、身体は三十路らしく酒に溺れ、統理相手に愚痴を垂れ流した。

あのころ統理は百音を連れて実家に戻っていた。東京で翻訳の仕事で食っていたが、子供を引き取ることでライフスタイルの見直しを迫られたのだ。自分ひとりが暮らしていくだけなら充分なところ、子持ちとなると将来に備えて貯蓄もしなくてはいけない。仕事を増やせばいいのだが、そうなると子育てに手が回らなくなる。それでは本末転倒だ。

そこで統理は住居費を浮かすためと、子育てのノウハウを学ぶために実家に戻るというオーソドックスな手に出た。親のほうも「じゃあ、ついでに神社を継いでくれ」と言いだし、それは『ついで』でいいのかという疑問には、なにごとも時が解決すると返されたそうだ。

統理は翻訳の仕事と並行し、本来の予定にはなかった神職に就いた。いくら親を見て学んでいたとはいえ簡単ではなかっただろう。通常の翻訳仕事、神職の資格を取るための通信教育、いきなりの子育て、さらに宮司として避けられない氏子とのつきあい。

一年後、宮司と子育てのノウハウを息子に引き継いでしまうと、統理の両親は隠居して念願の田舎暮らしをはじめ、統理が新しい暮らしになんとか慣れたころ俺が転がり込んだ。

忠志にふられ、あのままでは酒で駄目になりそうだった俺に、自分も大変な状況だったにもかかわらず、しばらくうちにこいと統理は言ってくれたのだ。俺は心の中で手を合わせた。

つまり俺の人生ワースト3のとき、いつも手を差し伸べてくれたのが統理だった。いつか恩を返そうと思ってきたが、小さなことから大きなことまで借りを作ってばかりだ。

考えているうちに日は暮れ、マップランプを点けてダッシュボードからハガキを取った。宛名は国見統理様方井上路有様。別れたとき俺が携帯電話の番号もアドレスも変えたので統理の住所に送ってきたのだろう。あのころ俺たちは夫婦同然で、互いの身内や友人も含めて、住所録もすべて共有していた。

それはいいとして、俺宛のメッセージはないくせに自分の現住所と自宅の電話番号はきっちり書いてあるのが忌々しい。自分からはなにも言わず、こっちが気を回して連絡するのを待っているのだ。たとえ連絡がなくても、自分からはなにも要求していないという言い訳が立つ。

「どこまで甘えたやつだ」

乱暴に舌打ちをし、俺はカーナビにハガキの住所を打ち込んだ。

夜通し走り、夜明けごろ適当な場所に停まって一眠りした。

気が向くとふらっと遠出をして、営業しながら地方を回ることもある。もちろん営業許可も寝袋も毛布も用意してある。テントもあるので山の中でも困らない。ああ、このまま山深く車を走らせて、狸や狐相手に酒を飲みたい気分になってきた。

三時間ほど仮眠して、県をもうひとつまたぎ、昼すぎに忠志が暮らす街についた。よくある地方都市だ。駅前はそこそこ栄えているが、少し行けばのんびりした風景に切り替わる。カーナビに導かれて住宅街をぐるぐる走った末、真新しい建て売り住宅に辿り着いた。

――一軒家かよ。

俺と暮らしていたときの忠志は一軒家よりマンション派で、ご近所づきあいと万人受けするモデルルームタイプのインテリアを死ぬほど嫌い、将来は中古マンションを買ってリノベーションしたいと話していた。目の前の一軒家はほのぼのとしたベージュと白のツートンカラーで、前庭にはちまちまと花鉢が並び、さらに表札は音符に戯(たわむ)れる猫の形をしている。忠志がボーナスをはたいて買ったデンマーク製のヴィンテージソファが似合うとは思えない。

ハンドルにもたれ、典型的ゆえ平凡な幸せに満ちた一軒家を眺めた。さて、ここからどうしようか。友人のふりでハガキにある自宅番号にかければいいのだが、あまりにもお手軽すぎる。早速きたかと安く見られるんじゃないか、というい まさらな後悔が湧き上がる。

何度目かしれない溜息をついたとき、ファンシーな一軒家の玄関ドアが開いた。出てきたのは腹の大きな女で、肩にエコバッグをかけている。スーパーにでも行くのか、のしのしと左右に揺れながら歩いていく女をフロントガラス越しに呆然と見送った。

――あれ……嫁さんだよな？

――そんで……妊娠してるよな？

結婚して、やることをやっていればそういうこともあるだろう。当たり前だ。なのにアホみたいに俺は固まり続けている。リアルの威力はすごい。四年も前に別れているのにショックを受けている自分が間抜けすぎて、当時の怒りがフレッシュに蘇ってきた。

あれは俺たちがまだ円満に暮らしていたときのこと、ある日、忠志の父親が倒れたという連絡が入った。忠志はすぐ帰省し、見舞いから帰ってきたあと様子がおかしくなった。システムエンジニアとバー勤めという、お互いに不規則な生活で最初は異変に気づかなかった。

——結婚しようと思うんだ。

そのとき、てっきり俺はプロポーズされたと思った。男同士でも養子縁組などその気になれば法的につながる方法はある。忠志のほうが年上だったので、俺が忠志の籍に入ることになる。井上という名字ともお別れかと嬉しいような寂しいような気分になりつつ、ケジメをつける意味で挙式がしたいと夢がふくらんだ。オーソドックスにダブルタキシードか、いや、紋付き袴もいい。祝福してくれる友人たちの顔まで脳裏をよぎったのに——。

——こないだ、地元で見合いをしてきた。

意味がわからなかった。他の男に心変わりしたというならまだわかる。けれどなぜ女と見合いになるのだ。すごい勢いで詰め寄る俺に怯(おび)え、忠志は共通のゲイ友宅に避難した。数日後に事情説明のメールがきたが、なんの救いもひねりもない内容だった。

——おまえが嫁さんを連れて帰ってくるまで死なないから安心しろ。

と病床の父親から言われて心が折れたそうだ。ゲイにはよくある理由だし、自分が親から縁を切られているからこそ忠志の気持ちもわかる。かといって、ああ、そうですかと引き下がれない。心を偽って生きても最終的にみんな不幸になると俺は

反論したが、

——そんな簡単に割り切れるはずないだろう。

怒鳴りつけられ、俺だって簡単じゃなかったと怒鳴り返したかったが、ここで感情的になってはいけない。なんとかなだめる方向で話をし、忠志も冷静になると俺の意見に同意し、けれどこのまま親が死んだら絶対に後悔する、それは嫌だと言う。

お互い相手の言い分を理解しているので、あとは情への訴えかけになる。愁嘆場と修羅場が交互にやってきて、詰し合うほど疲弊して、肝心の相手への気持ちをがりがり削られ、最後は尖って槍みたいになった気持ちで刺し合うという、目を覆いたくなるような悲惨な日々だった。

幾度目かの修羅場を繰り広げた翌日、俺が勤め先から帰ってくると、

『今までありがとう。ごめん。ずっと愛してる』

という書き置きがあり、忠志の荷物が運び出されていた。

メモを手に、俺は仁王立ちで震えた。捨てるなら、刀を振り下ろす覚悟で捨てていってくれ。下手に首がつながった状態でのたうち回らせないでくれ。ずっと愛してるなんて、おまえの罪悪感をごまかすための言い訳だろうが。甘えるなよ。良心の呵責はおまえの荷物だ。それくらい自分で持ちやがれ。半分がらんとした部屋で、大昔、統理にもらった言葉で自分を守った。

なのに、それでも、やっぱり、忠志の気持ちがわかることが嫌だった。
カミングアウトしていないゲイの日常は、言葉にできないままならなさとの共存だ。恋愛は異性間のみという暗黙の了解で進められる日常会話に笑ってうなずき、彼女いないの？　結婚しないの？　という悪意のない質問を不自然にならないようはぐらかし、たまには合コンなどに参加してストレートに擬態する。うっすらとまとわりつく抑圧感。大人になるにつれ受け流す技術も磨き抜かれ、けれど弱っているときは気持ちを折られることもある。

忠志を折ったのは親の病気だった。平凡な幸せを求めて仮面結婚に走るゲイは意外と多い。逃げだした先も楽な場所ではないのに、正体のない世間体に負けてしまう。置いてきぼりを食らったパートナーも悲惨だ。女に彼氏を奪われるなんて屈辱の極みである。思春期のころから苦しい思いをして飲み込んできた葛藤がふたたびせり上がってくる。

――やっぱり女には勝てないのか。

勝ち負けの問題じゃない。なのに、いまさらの愚問に首根っこをつかまれる。しかし死んでもギブアップなどするものか。散々しんどい思いをしてここまで形作ってきた、これが自分なのだ。白旗は振らない。失恋の悲しみに加えて、マイノリティである自分への自己否定感とも戦わなければいけない。あれは本当にしんどかった。

もう二度とごめんだ。今もトワさんといい感じまで行きながら最後で二の足を踏んでしまうのは、絶対に忠志との破局が影響している。

限界まで眉根が寄っていく中、ファンシーな家のベランダに人が出てきた。忠志だ。思わず身を乗り出した。四年くらいではあまり変わらない。いや、少し前髪が後退したか。

――ざまあみろ。幸せなやつは髪くらい薄くなるべきだ。

暗い喜びに浸っていると、忠志が路上に停めている俺の車に気づいた。目を眇めたあと、はじかれたように室内に戻っていく。しばらくすると転がるように家から出てきた。

「路有、なんでここに？」

「そっちが呼んだんだろう」

半分開けた窓越し、ひまわりのハガキを見せた。


忠志を助手席に乗せ、行くあてもなく適当に走り、とりあえず国道に出た。ファミリーレストランに靴の量販店、カー用品店、道の両側には店が集中しているが、その向こうには刈り取られる前の青々とした田んぼが見えている。

「おまえが一軒家に住んでるって意外だった」

「そうかな」

「マンション派だったろう」

「このあたりはマンション少ないんだよ。ファミリー向けは建て売りばっかで」

「はあ、ファミリーですか」

鼻で笑うと、忠志がグレイのスウェットの肩を縮めた。俺と暮らしていたころ、スウェットなんてパジャマでしか着なかったのに。髪型も決まっていなくて、美容院をサボっていることがわかる。昔のままなのはスクエア型の眼鏡だけだ。

「今日、会社は？」

「フリーになったんだ。こっちじゃSEの仕事なんてないし、前の勤め先のツテもあったから」

「それでやってけるのか。すごいな」

「貧乏暇なしだけど」

気弱な笑いかたも昔とは違う。昔はもう少し尖った感じだった。いや、そうでもないか。繁忙期は泣き言ばかりだったし、でもやはり変わった気もする。どうかな。どうだろう。だんだんわからなくなってきた。忠志はどんな男だったろう。変わったと俺が思いたいだけか。

「路有は？」

「俺はこれ。移動式の屋台バーやってる」

ハンドルをポンポンと叩いた。

「オーナーか。すごいじゃないか」

忠志は振り向き、後ろにずらっと並んでいるボトルやグラスを眺めた。

「店構えてないから気楽なもんだよ。ひとりだし」

ひとり、に力を込めた。

「自由でいいじゃないか」

「そうだな。家族もいないし」

会話が途切れ、気まずい空気が充満する。

「急にハガキなんて出して悪かった。統理くん、すごく早く届けてくれたんだな」

忠志が気を取り直したように言う。

「朝飯んときに渡されてびっくりしたよ」

「朝飯、一緒に食ってるの？」

それがなにか？　という目で見た。

「いや、その、統理くんとこって義理の娘さんがいただろう？」

「百音な」

「そう、百音ちゃん。うまくいってるのか？　実の子でも大変なのに、別れた嫁が他の男と作った子供を引き取るってよく決心したよな。仕事も環境もなにもかも変えて」

「父親の気持ちなら、おまえのほうがよくわかるだろう。パパになるんだから」

忠志がぎょっとこちらを見た。

「なんで知ってるの？」

「さっき腹のでかい女が家から出てきた」

「あ、そうか、いや、まあ、なんていうか」

「何人目？」

「ひとりめ。初めての子供だ」

「おめでと。ゲイなのに子供作れてよかったな」

忠志が黙り込み、俺はげんなりした。忠志にではなく、いまさらせこい嫌みを連発している自分にだ。いかんいかん。相手への怒りに飲まれて、これでは自分まで貶めている。

忠志に逃げられたあと、俺は忠志の結婚式に乗り込んで居並ぶ参列者の前で切腹してやろうかというくらい思い詰めていた。思い出したくもない日々だが、つらい記憶ほど脳に焼きついて消えないものだ。生きる意欲もなく、ウイスキーの空瓶ばかりを増やしていたあのころ。

──結婚式に乗り込んで、あいつの目の前で腹をかっさばいて絶命したい。半分からっぽになった部屋で、俺は物騒なことばかり言っていた。

──そんな無駄なことをするもんじゃない。

様子を見にきてくれた統理が言った。誰かにかけた情けが巡り巡って自らに返ってくるのと同じように、悪しき行いをすればいつかなにかの形で自らに返ってくるのだと。

──だからいつか忠志にもバチが当たるってか？

──それはわからない。行いの善し悪しを決めるのはおまえじゃない。

──決めるのは神さまってか？　さすが神社の子だな。

俺はしらけたふうに笑った。あのときの俺は最低だった。

──いや、自分だろう。

──ああ？

──善い行いも悪い行いも、全部自分に返ってくると言ったろう。忠志くんにバチが当たるかどうか決めるのは忠志くん自身だ。だからおまえが無駄に傷つく必要はない。

統理はあまり感情が表に出ない。そのときもそっけなく、いっそ冷たく聞こえるほど理路整然とした物言いだった。同情や励ましや慰めなどという感情が入る余地もない。
おかげで頭が冷えた。恋愛の終わりは、どちらか一方だけが責められることではない。俺は切腹してやりたいほど憤慨しているが、忠志の親からすれば忠志は親孝行な息子だろうし、嫁になる女にとっては愛する旦那だ。世の中はそうやって回っている。

俺にとっては理不尽ながら、俺を捨てたことで忠志にバチは当たらないだろう。

俺はすごく傷つけられたが、そのおかげで俺が報われることもないだろう。

そして統理は物事の善し悪しとは関係ないところで、ただ俺を案じてくれている。

友情とはなんてありがたいものだろう。誰かに感謝することで、俺は俺を少しマシな人間だと思えた。毎日酔っ払って誰かを呪っているよりは、ずっとずっとマシな人間だと。

呪う気力もなくなった俺にできることは、ダンゴ虫のように丸まることだけだった。

今回は俺が貧乏くじを引いたが、いつかはまた当たりくじが巡ってくるだろう。

その日を待つしかない。それまでなんとか俺は生き延びるのだ。

統理は巨大なダンゴ虫になった俺をずるずると引きずり、自分の家に連れ帰った。

――ああ、統理、そうだ、そうだったな。ちゃんと思い出したぞ。

あのとき俺は納得したはずだ。くだらない嫌みを言って、自分にまで泥をなすりつけるのは馬鹿らしい。どうせここまできたのだし、忠志になにか言いたいことがあるならすべて聞いてやろうじゃないか。なんせ俺はダンゴ虫期を乗り越えたんだからな。そう思うと心が凪いだ。

「統理と百音はうまくいってるよ。べたべたするわけじゃないけどしっかり親子だ」

会話をつなぐと、忠志がほっとしたのが伝わってきた。

「そうか。最近は実の親でも虐待とか珍しくもないのにすごいな。しかも別れた嫁と再婚相手との間にできた子供だろう。どっちかというと見たくない存在だろうに」

「統理が引き取らなかったら、百音は養護施設しか行くあてがなかったんだ」

百音の両親は、どちらも身内の縁に薄い人だった。

「だからってなあ。俺なんて自分の子供でも不安でしかたないのに」

「最初の子だろ。生まれるまでは心配だろうな」

「そういうのとはちょっと違う。路有にはわからないよ」

ハンドルをにぎる手に反射的に力がこもった。ああ、そうですね。出産に縁のないゲイの俺にはわかりませんね。情けは人のためならず情けは人のためならず……と唱えて怒りをおさめた。

「やっぱり神社の家に生まれると達観するのかな。親も神主なら、ちっさいころから俗っぽい迷いとは縁のない悟った育て方されてそう。ガンジーみたいな」

「ガンジーはヒンズー教。めちゃくちゃ言うな。統理の親は普通な感じだったぞ」

「けど統理くんて、なんかできすぎてとっつきにくい感じだったよ」

「それは否定しない。氏子さんにも最初は評判悪かったみたいだし」

「だろう？」

屋上神社はマンション住人や近所の人たちの憩いの場所にもなっていて、そんなときに交わされるコミュニケーションも兼ねた愚痴にも統理はクソ真面目に返す。

――統理くん、その、なんていうか、もっと気楽に聞き流してくれていいのよ。

日曜日の朝っぱらから隣の空き地でゲートボールをして騒ぐ老人会に散々愚痴をこぼすマンションのおばさんたちの話を聞いたあと、統理は次の町内会で議題に挙げると約束し、しかしおばさんたちから慌てて止められた。ただの愚痴だから大ごとにしないでいいの、と。

翻訳仕事には必須の正確さを追求する姿勢や、不明な点は徹底的に調べ上げるという誠実さは、軽いコミュニケーションを求めるご近所づきあいには向かない。そしてそれらが抜群にうまかった先代と比べられて溜息をつかれてしまう。

「まあ、百音の通信販売事件も影響してるんだけどな」

思い出して俺は笑った。統理の両親が念願だった田舎暮らしを実現させたあと、

宮司がシングルファーザーで大丈夫なのかという心配の声を耳にした百音は、

――大丈夫だよ。統理は通信販売でちゃんと宮司さんの免許も買ったんだから。

七歳の子供が悪気なく言ったことに、ご近所中がザワッとした。

――ご心配なく！　大阪国学院(おおさかこくがくいん)通信教育課程という正規ルートの資格です！

あのときだけは統理も慌て、話を聞いて俺は大笑いをした。しかし神職の資格が通信教育で取れるのだと知ったせいか、個人的にありがたみはやや目減(めべ)りしたように思う。先代のときよりもお参りをする人が減ったのは、間違いなくあの事件の影響だろう。

「統理も自分のお堅さに薄々気づいてて、おじさんみたいにやれないのを悩んでるけど、それは別々の人間だからしょうがないだろう。統理は統理らしくやればいいんだよ」

「まあ、そうだな」

「けど先代より認められてるとこもあるんだぞ。掃除とか」

宮司さんとしてはイマイチだけど、お父さんよりお掃除好きで屋上がいつも綺麗なのはいいことよね、そうね『めぞん一刻』の響子(きょうこ)さんだと思えばね、というおばさんたちの井戸端会議を百音が立ち聞きした。統理が褒められてたよと百音は嬉しそうだったが、

「統理には言わないよう口止めしといたよ。絶対傷つくだろうから」

ははっと笑って話を締めくくったが、隣からの反応は芳しくなかった。

「久しぶりに会ったのに、統理くんの話ばっかりだな」

忠志はしらけた顔をしている。

「おまえが統理と百音の話を振ってきたんだろう？」

「つきあってるの？」

「誰と？」

「統理くんと」

「アホか」

「だって朝飯一緒に食う仲なんだろう？」

「同じマンションの隣同士に住んでるからな」

「俺とつきあってるときから、なんか怪しかったよな」

心底驚いた。統理は大事な存在だが、内訳はまごうかたなき友人である。いまさらなにをとんちんかんなことを言い出すのかと怒りが湧いてくる。車内に不穏な沈黙が漂った。

「なあ、路有」

「なんだよ」

俺はむすっと応えた。情けは人のためならずパワーも尽きかけている。

「実は俺、離婚しようかと思ってて」

「……へー」

返事をするのがわずかに遅れた。嫌な予感がする。この展開はまさか。

「路有」

「なんだ」

「俺とどっか逃げないか」

瞬間、急ブレーキを踏んだ。うわっと隣で忠志が声を上げる。後ろから車がきていなくてよかった。ふーっと長い息を吐き出し、動揺を抑えてから俺は路肩(ろかた)に寄って停車した。

「なあ、俺はやっぱり路有のことを今でも」

「それ以上言ったら蹴り出すぞ」

「聞いてくれ」

「嫌だ」

「もうどうしていいかわからないんだ」

「知らん。俺は一切知らん」

「少し前に高橋(たかはし)の親から電話がかかってきたんだよ」

聞きたくないと言っているのに、忠志は構わず話し出す。

「俺のゲイ友達の高橋、覚えてるだろう？　あいつもひとりっ子長男で、親の圧に負けて仮面結婚したんだよ。嫁さんがノリのいい女で、結婚式でふたりの馴れ初めムービー作って、引き出物はふたりの顔写真がプリントされた皿で、新婚三日で死にたいってライン送ってきた高橋」

「あーあー聞こえなーい聞こえなーいラーララー」

俺は耳を塞いだ。

「その高橋が失踪したんだ」

「えっ？」

思わず問い返してしまい、会話が成立してしまった。

「『ごめん、捜さないでくれ』ってドラマみたいな置き手紙だけ残して、行方不明のままもう三ヶ月経ってる。家族から心当たりがないか訊かれて、俺もびっくりしちまって」

「だろうな」

「今年のはじめにふたり目の子供が生まれて、あいつ最後に会ったとき仕事がんばんないとなあって言ってたんだよ。ちょっとしつこいくらいで、うざったくて俺は適当にあしらってたんだけど、今から思えば、もっとちゃんと話を聞いてやればよかったって後悔してる」

　そうだったのか。しかしそれとふたりで逃げようという提案になんの関係が？

「仕事があんまりうまくいってなくて、それが原因だろうって親御さんは言ってた。昔から調子いいときは強気だけど、ひとつ駄目になると雪だるま式に崩れていくやつなんだ。不安の原因を取り除くよう努力するんじゃなくて、原因を他になすりつけて、とりあえずそこから逃げようとするんだよ。嫁の前につきあってた彼氏もそんな感じで無責任に捨ててたし」

「おまえとそっくりじゃないか」

　思わず正直な感想がこぼれた。

「そう思うか？」

「ああ、魂の双子レベルだ」

　忠志は気を悪くする様子もなく、逆に縋るように俺を見つめた。

「そうなんだ。俺と高橋って性格が似てるって昔からよく言われてたんだよ」

けれど最後に会ったとき、高橋はうっとうしいほど前向きだった。がんばんなきゃがんばんなきゃと連呼する高橋を見て、やはり子供がふたりもいると親としての責任や自覚が出てくるんだなあと、自分と比べて置いてきぼりにされたような孤独感を忠志は味わったという。

「俺、ゲイだろ？」

「そうだったな。昔は」

「今もそうだよ。圧倒的に男が好きだ。男しか好きになったことがない」

「嫁さんは？」

「人として尊敬してる」

「それでいいじゃないか」

しかし忠志は思い詰めた顔をしている。

「ああ、嫁はさっぱりしたいい女だよ。元々親を安心させるための結婚だったけど、こいつとだったらやっていけそうだと思ったし、最初は肩の荷が下りた気がした。けどそれがゴールじゃなかったんだ。結婚して数ヶ月もしないうちに、今度は孫を期待されるようになった」

「当たり前だろう」

周囲の期待なんてものは、ひとつクリアしたら次が出てくる。ゲームのように終わりがない。俺は早々に降りた。親の期待に応えることは、自分自身を削ることだったからだ。もう無理だと親に土下座をした。俺にあなたたちの『普通』を期待しないでくださいと。それでもここまで育ててもらって申し訳ないという気持ちは消えず、多分、それは一生俺が抱えていく荷物だろう。

なにかを捨てたからといって身軽になるわけじゃない。代わりになにかを背負うことになって、結局荷物の重さは変わらない。だったらなにを持つかくらいは自分で決めたい。

「親がせっついてくるのだって、知り合いから『息子さん結婚したのね。お孫さんできるの楽しみね』って言われるからもあるんだよ。親は親でプレッシャーかけられてるんだ。親からそんな愚痴聞くと、もう誰の、なんのための子供だよってわけわからなくなるんだ」

ゲイに限らず、様々な理由で子供を持てない人たちがいる。お子さんはという質問は人によってはナイフのような切れ味を持つが、自覚なしに笑顔で振り回すやつもまた多い。身体を切られたら犯罪だが、心を切られてもよっぽどでないかぎり罪には問われない。

「嫁のことは人として尊敬してる。けど一緒に暮らすことはできても子供作るなんて、そんな最低二十年はかかる一大事業に手を染めていいのか？」

「もうすぐ十八年に短縮されるぞ」

「一旦この世に出てきたら、もう元に戻せないんだぞ。いい子だって保証はない。重い病気になるかもしれない。すごい犯罪をしでかすかもしれない。なにもわからないのに自分の人生を捧げる覚悟で、最低十八年は守り続けるって懲役刑みたいなものじゃないの？」

「もうできてるんだから、しかたないだろう」

忠志はびくりと肩を震わせた。

「……そうだよ。できたんだ。いきなり。ぽこっと。四年もできなくて安心してたのに」

「アホか。いきなりぽこっと人間が製造されるはずないだろう。やることをやってたからできたんだ。というか仮面結婚歴四年のわりにラブラブじゃねえか」

「それは夫婦としてのタスクだからしかたないだろう」

「そうだよ。おまえがその夫婦って形を選んだんだ」

ぴしゃりと言うと、忠志は肩を落とした。

「夫はなんとかやれたけど、父親になる自信なんてないよ。けどそんなこと言ってるうちにもあいつはエコー写真とか母子手帳とかもらってくるし、どっちの親も名前とか考えてるし。こうなったら俺も腹括るしかない、がんばれがんばれって毎日自分に言い聞かせてたんだ。でもそんなときに高橋の話聞いちゃって……思い出したんだ。あいつもがんばれがんばれってうっとうしいほど繰り返してたなって。あいつ、今の俺みたいにぎりぎりのとこで踏ん張ってたんだよ。それに気づいて、俺、なんか鳥肌立っちゃって……」

忠志は自分で自分を抱きしめた。

「こないだ高橋が黙って背中向けて、暗いとこに歩いてく夢を見たんだ。起きたとき寝汗びっしょりかいてて、もしかしてあいつもう死んでんじゃないかって……」

「いやあ、死ぬ根性なんてなさそうだったけどな」

「なんでそう言い切れる。俺だって高橋が失踪するなんて思わなかった。聞いたときもまさかって思ったよ。なあ、このままじゃ俺も高橋みたいになるかもしれない。ある日ふっと消えたくなるかもしれない。そう思ったら急にすごく怖くなって、なんか路有のこと思い出して」

忠志の口調がどんどん切羽詰まってくる。

「なあ、路有、頼む、俺とどっか逃げよう」

いきなり腕をつかまれた。振り払ったがますます強くつかまれる。俺の肩に縋りつく恰好で顔を伏せてくる。こりゃ駄目だと溜息をつき、忠志が落ち着くのを待った。

「最近、路有と暮らしてたときのことばっか思い出すんだ。なんで路有と別れたんだろう。一番好きだったのに。この先のこと考えるとどん詰まりだ。もうどうしていいかわからない」

既視感がありまくる泣き言だった。俺と別れるときは確か『最近、子供のころのことばっか思い出すんだ。父親に肩車してもらったなあとか母親の遠足の弁当うまかったなとか。路有のことは一番好きだ。ただ親も捨てられない。この先、路有と暮らしててもメンタルがどん詰まりになるのが見えてる』だっけか。驚異のワンパターンだ。まったく成長していない。

——完全に終わったな。

そう思うことで、自分の中にまだこの男が残っていたことを思い知らされた。なぜだろう。その場しのぎで見通しが甘いなんてレベルですらないのに、それでも惚れていたんだと思うとやりきれなくなる。友達ならごめんこうむるところ、恋愛になった途端、駄目男に惹かれるアホな自分のことも芋づる式に思い出した。

「忠志、煙草くれ」

思い切り溜息をつきたい気分だ。忠志が顔を上げる。

「持ってない」

「なんで?」

「やめたんだ」

驚いた。忠志はヘビースモーカーで一日に二箱は吸っていた。臭いがつくし壁紙が黄ばむからベランダで吸えと言っても、それだけは断固拒否された。何度も言い争って、ほとほと疲れたので最後には俺が折れたのだ。こいつはいつか肺がんで死ぬだろうと覚悟していた。

「すごいじゃないか。なんでやめられたんだ」

子供が生まれるから」

「は？」

「副流煙とか母体にも赤ちゃんにも悪いし、これから貯金もしなくちゃいけないし」

俺はぽかんとした。

なんだそれ。おまえは正気か？

「……あっ、そう」

これ以上ない徒労感にまみれ、俺はエンジンをかけた。

道幅の広い二車線を制限速度目一杯で走って行く。閉店セールと大きな赤い看板を掲げている靴屋の前を通りすぎる。看板には年季が入っていて、おそらくもう何年も閉店セールをしているのだと思われる。心底どうでもいいことを考えて、なんとか怒りをごまかした。

「どこ行くの？」

問われたが、無言で信号を左折した。もう一度左折して、Uターンコースであのファンシーな家の前で忠志を降ろして任務完了だ。とっとと帰ろう。これ以上茶番につきあわされる前に。

「もしかして、俺んち帰ってる？」

忠志が焦って俺を見る。住宅街に入り、ナビを頼りにぐねぐねと道を進んでいく。まるで人生のようだと思うくらいに入り組んでいて気が滅入る。優秀なナビのおかげで、迷うことなく白とベージュのツートンカラーの家に着いた。忠志は絶望的な顔をしている。

「……だよな。おまえには俺の気持ちなんてわかんないよな」

そんなことをのたまい、のろのろとドアを開ける。

「ある日、俺の行方を知らないかって俺の身内から連絡がきても、知らないって言っといて」

俺はひたすら心を無にしていたが、そこまで言われ、ついに膝を折ることになった。

「おい、携帯番号教えろ」

「前と一緒だよ」

「別れたときに消したから、もっかい教えろ」

「なんのために？　一緒に逃げてくれるの？」

甘えと自己憐憫（れんびん）にあふれた目で忠志が俺を見る。

「いいから、さっさと教えろ」

連絡先を交換したあと、忠志を放り出してエンジンをかけた。バックミラーに映るしょぼくれた犬のような忠志を見ないよう、俺はアクセルを踏み込んだ。


行きは下道でとろとろきたが、帰りは高速を使った。途中で統理に『形代をくれ』とラインを送った。すぐ『屋上にある』と返事がきた。わかっているが――。

『霊験あらたかじゃないと駄目だから、特別に念を込めてくれ』

『宮司として、いつもすべての形代に精一杯の祈りを込めている』

『いいから！　たくさん！　込めてくれ！』

キレ気味なスタンプを送ると、『了解』と返ってきた。ああ、また借りが増えた。

トイレ以外はほぼノンストップで走ったが、帰り着いたころには深夜になっていた。ラインで帰宅を告げると、統理がこそっと廊下に出てきてくれた。

「こんな時間に悪い」

「構わない。仕事をしてた」

ほらと形代の入った封筒を渡された。

「バリバリに念を込めてくれたか？」

「込めた。神職として初めて真剣に頼られた気がして少し嬉しい」

「溺れる者は藁（わら）をもつかむって言うだろう」

「ぼくは藁なのか」

統理はしょっぱい顔をする。俺は笑った。

「ありがとう。じゃあ行ってくる」

踵（きびす）を返すと、路有、と呼び止められた。

「帰ってくる前に連絡しろ。何時でもいい」

「おう」

「溺れないよう気をつけろ」

了解とひらひら手を振り、駐車場へと駆け戻った。どこに行っていたのか、なぜいきなり形代なのか、どこへ行くのか、統理は余計な質問はせず、必要な言葉だけをくれた。

夜が明けて、高速が混んできたのでサービスエリアで食事と仮眠をしたあと、午後遅くにふたたびファンシーな家の前に戻ってきた。メッセージを送ってしばらくすると忠志が出てくる。

「路有、戻ってきてくれたのか」

昨日と同じグレイのスウェットには、昨日はなかった黄色い染みがついていた。

「おまえ、カレー食った？」

「え？　うん、昼に」

「レトルト？」

「いや、嫁さんが作った」

過去の恋人に一緒に逃げようと乞いながら、嫁の作ったカレーをのんきに食べる。こいつは昔の文豪か。つきあっていたころはそういう悪気のない暴君ぶりも憎めなかった。俺がついいてやらないと、というあばたもえくぼが炸裂していたのだ。

「まあいい。俺はこれを書かせにきただけだ」

窓越しに形代とペンを渡した。

「これは？」

「縁切り神社からもらってきた霊験あらたかな形代だ。これに縁を切りたいものを書け」

忠志は目を見開いた。

「それはつまり、嫁とか子供って書けってこと？　誓約書みたいに？」

怯えたように問われ、じろりと忠志をにらみつけた。

「おまえが俺に一緒に逃げようって言ったんだろう？」

「そ、そうだけど」

忠志が忙しなく視線を左右に動かす。奥さんと別れるって言ったじゃない、と不倫相手から詰め寄られている男ってこんな感じなんだろうなと思った。

「おまえなあ」

窓から身を乗り出すと、忠志がびくりと一歩下がった。

「ある日帰ったら、いきなり部屋から荷物を運び出されてて、置いてきぼりにされた俺の気持ちがわかるか。しかも置き手紙で『ずっと愛してる』ってなんだ。愛してるのに別れるしかない俺のつらさをわかってね、恨まないでね、ってことだろうが。ふざけんなよ」

「それは——」

「自分ばっかつらいって顔してんじゃねえぞ。真性ゲイの恋人を女にかっ攫われて、俺は死の淵を漂ったんだぞ。世間体に負けてマジョリティな幸せに逃げていったおまえと比べて、とっくに親から縁切られてる俺の孤独感を舐めんなよ。両親どっちも教師で、カムアしたときはもう二度とうちの敷居をまたがないでくれって涙目で頼まれたんだからな」

「……そんなの知らなかった」

「あえて言わなかった。おまえが親に言うか言うまいか悩んでたから。そんな気遣いも知らずいけしゃあしゃあと女と結婚しやがって。俺のゲイとしてのアイデンティティまで打ち砕かれたわ。おまえの結婚式に乗り込んで、切腹してやろうかってとこまで思い詰めたぞ」

うっすら青ざめる忠志に、俺は四年前のことを滔々と語って聞かせた。

統理の暮らすマンションに担ぎ込まれたあと、傷を負って絶命寸前の動物みたいだった俺を、ちゃんと息をしているか数時間おきに百音が口元に手を当てて確認しにきてくれた。

――よかった。ちゃんと生きてるね。

――路有、なにか飲む？

――路有、ビスケット食べる？

――好きな人に会えないの悲しいね。百音もわかるよ。

――百音のお母さんとお父さんもね、少し前に死んじゃったんだよ。

――でも大丈夫だからね。百音のおやつ、半分こにしようね。

そう言い、ビスケットを割ってくれた小さな手。誰かと分け合った食べ物は、ひとり分の食事をひとりで食べるよりもずっと心を温めてくれる。あのとき百音はまだ六歳だった。

しばらくして俺が元気になったころ、統理の仕事が立て込みはじめ、今度は俺がふたりのために料理や家事をした。誰かの役に立っているという認識は俺に生きる力をくれた。そうして二ヶ月ほど経ったころ、隣室が引っ越しで空いたので俺が借り、つかず離れず助け合って今まで暮らしてきた。俺は男運は最低だが友情には恵まれている。

「それをいまさらまた頼ってくるとか、どういう了見だ。しかも俺と逃げようってことは、あれと同じことを嫁さんや生まれてくる子供にするってことだ。あんな思いを俺が誰かにさせるなんてごめんだ。別れはしかたないが、もうちょっとマシなやり方があるはずだろう」

「待ってくれ。まさかそこまで路有を傷つけてたとは思ってなかった」

「そうか。じゃあ今回よくわかっただろう。そこまで傷ついた俺でもなんとか生きてんだから、おまえも踏ん張れ。ここで逃げたら、四年前よりもっとひどくなるぞ」

「わかってるけど」

「わかってない。世間体や親に負けて結婚に走ったんだろう。けどプレッシャーなんて次々出てくるんだ。そのたび尻尾巻くつもりか。逃げ道はどんどんせまくなるし、そのうち行き止まりになるぞ。そうなったら本当に高橋くんコースだぞ」

俺は窓から腕を伸ばし、忠志の襟をつかみ上げた。

「いいかげん覚悟を決めろ」

襟を持ったまま揺さぶると、忠志の表情が情けなく歪んでいく。なにか言いたそうに口を開くが言葉にはならず、俺は胸倉をつかみ上げていた手をわずかにゆるめた。

「そんなビビんなよ。みんな、なんとかやれてんだから」

「……でも、俺は昔からいつも肝心なところで腰が引ける」

「自覚があるなら改善しろ」

「自分や嫁のことだったらそう思えるよ。大人だからな。でも子供はわからない。元気で生まれてくれるかわからないし、元気でもすごいアホかもしれないし、重い病気に罹るかもしれないし、治すのにすごい金がかかる病気だったら、俺、ちゃんと金を用意してやれるのかな」

忠志がうつむいてぼそぼそとつぶやく。

「なんとかやれるだろ」

「なんでわかる」

「禁煙だってできただろ」

「子供と煙草を一緒にするな」

ぷいと顔を背けられ、どついてやろうかと思った。

「おまえ、昨日、俺のことが一番好きだったたって言ったよな」

問うと、忠志がどきりとしたように俺を見る。

「言ったよな？」

「い、言ったけど」

忠志がうろたえる。詰め寄られて困るくらいなら最初から言うな。

「その一番好きな俺がやめてくれって頼んだのに、おまえは煙草をやめられなかった。けど生まれてくる子供のためにやめたんだろう。すごいじゃないか」

「恋愛の話じゃない。子供だぞ。当たり前だろう」

「だから、それを当たり前と思えるくらいには、今のおまえは父親をやる気があるんだよ。おまえは俺よりも家族を愛している。なんで俺がこんなことを言わなくちゃいけないんだ、クソ野郎。とにかくまだ生まれてもない子供の未来を心配して、失踪したいくらい不安になってる、おまえは超弩級の親馬鹿だ」

「親馬鹿？　俺が？」

思いも寄らないという顔をする。なんという間抜けだ。こちらが泣きたくなってくる。一緒に逃げてくれと過去の恋人に泣きつく一方で禁煙し、貯金もし、嫁の作ったカレーを食い、親になる準備をしっかり整えている。男も女もこのタイプが一番逞しい。

「おまえの不安はただのマタニティブルーだ」

「それは女が罹るものだろう」

「最近は男も罹るんだ」

忠志はぽかんとした。どこまでもおめでたい男だ。

「わかったら、さっさとそれを書け」

うんざりして胸倉を放すと、忠志は手にしている形代を見た。難しい顔で、なかなか書こうとしない。俺は急かさなかった。そうしてカップヌードルがおいしくできあがるくらいの時間が経ったあと、忠志は形代を車の窓に押しつけ、なにかを書きはじめた。

「書いたけど、どうすればいい？」

「俺から統理に渡して、責任持って切ってもらっとく」

「また統理くんか」

忠志はわずかに眉をひそめた。

「なんだ、その言い方」

「ほんとにつきあってないの？」

脱力した。こいつは本当に駄目な男だ。けれどそんな男にずっと引っかかっていた自分も似た駄目さを持っている。愛も争いも同じ皿の上からしか生まれない。

「はいはい、つきあってますつきあってます」

俺は忠志の手から形代を奪い取った。見ると、『逃げ癖』と書いてあった。形代をふたつ折りにしてドリンクホルダーに差し込んだ。じゃあ帰るわとエンジンをかける。あっと忠志が窓に手をかけてくる。まだなにかあるのかと、しかめっ面でそちらを見た。

「路有、いろいろ励ましてくれてありがとう」

俺はまばたきをした。励ます？　こいつは本当にいい性格をしている。

「おまえは幸せになるだろうな」

「え、そうかな。ありがとう」

忠志が嬉しそうに笑うのを見届け、じゃあなと今度こそ走り出した。

バックミラーに手を振る忠志が映っている。無神経で悪意がないからこそタチが悪く、駄目すぎて俺が支えてやらないと、と思わせる男でよくモテていた。今は少し前髪が後退して、もう昔みたいにはモテないだろう。ざまあみろと笑い、ふと真顔になった。

恋をするとあばたもえくぼと言うが、俺はもう大丈夫だ。

あばたはあばたで、えくぼはえくぼに見える。

角を曲がってしまうまで忠志は、昔、俺が好きだった笑顔で手を振っていた。

サービスエリアで妙にうまいうどんを食べ、朝には帰ると統理にラインを送ると、了解と短い返事がきた。爆走する深夜トラックに煽られ、東の空がうっすら紫色に染まるころマンションに帰り着いた。なぜか我が家のリビングで統理がノートパソコンを開いている。

「おかえり」

「ただいま。なんで俺んちで仕事してるんだ」

「たまにはいいだろう」

「百音は？　起きておまえがいなかったら心配するだろう」

「今朝はひとりで朝ご飯だと伝えてある。昨日のうちに朝の弁当も用意しておいたし」

「そりゃいいな。子供はたまの弁当が好きだから」

話しながらソファに倒れ込むと、統理がノートパソコンを閉じた。

「おつかれさん」

「おう、えらい疲れたわ」

「コーヒーでも飲むか？」

「酒のほうがいいな」

統理はキッチンへ行き、棚を見回してラムのボトルと猪口を持ってきた。水も氷もないのでストレートで飲むつもりらしいが、なぜ猪口なのだ。

「ショットグラスが上の段にあっただろう」

「形も似てるし構わないだろ」

そんなわけあるか。器で口当たりはまったく変わる。ガラスに比べて縁が厚い陶器の猪口はぬる燗や熱燗向きだし、冷たい酒を飲むときは縁の薄いグラスがうまい。

「おまえねえ、清潔であればそれで充分っていうスタイルにも限度があるぞ。こないだも百音が熱愛してる『マドモアゼル・ノン』のワンピースに似てたからって、量販店のワンピース買って帰って激怒されただろう。どこが似てるの全然違うでしょって」

「あれは怖かった。普段はのんびりしてるのに怒ると豹変するところは茉莉さんにそっくりだ」

統理が自分から別れた嫁のことを口にするのは珍しい。統理は平然と、俺の愛するロン・カルタビオXO十八年を猪口についでいる。残念極まりない光景のあと、特に乾杯することもなく普通に飲んだ。深い甘さの奥で、かすかに鼻腔を刺激するスパイシーさが最高だ。

「きついな」

「俺の気に入りを猪口で飲み散らかして、感想はそれだけか？」

仏頂面で問うと、うまいよ、とそっけなく返ってきたので笑った。

統理は酒に強い。どれだけ飲んでもけろっとしているので逆に普段はあまり飲まない。心地よいほろ酔い気分を味わえないなら酒の魅力は半減する。

その統理が百音を置いて朝っぱらからつきあい酒をしてくれている。礼を言う代わりに、金色を通りこしてブラウンシュガー色をしたラムを統理の猪口についだ。

「形代は役に立ったか？」

「立った、と思いたい。これ頼む」

ポケットから形代を取り出して渡した。二つ折りされたそれを統理が開く。中を見て、納得したようにうなずき、おつかれさんと改めて三杯目を俺の猪口についでくれた。じんわりと熱が全身に回り、身体が沈み込んでいくように重くなる。

「今も昔も駄目なやつだったけど、おかげで最後に逆転勝ちさせてもらった」

ようやく追いついた疲労とアルコールが混ざって、ぼんやりとつぶやいた。

非常識とも思える駄目っぷりで捨てた男に泣きついてきた忠志のおかげで、俺は四年前に言いそびれた恨み言をぶつけることができたし、駄目な元カレを許し助けた心の広い俺という形で苦い失恋の記憶も上書きされた。これでもういつ思い出しても笑い飛ばせる。

「殴ってやろうかと思ったけど、まあ結果オーライでよかった」

しかし統理は眉根を寄せた。

「おまえは少しお人好しすぎないか。ぼくはあの男は好きじゃない」

統理がここまではっきり言うのは珍しい。

「でもお祓いはちゃんとするから心配しなくていい」

「言わなくてもわかってるよ」

統理は自分が背負うと決めた荷物を投げ出す男じゃない。

「俺も別にお人好しじゃないし」

それはどうだろうと懐疑的な目を向けられた。

「情けは人のためならずって、前におまえが教えてくれたんだろう？」

「うん？」

「かけた情けは巡り巡って自らに返ってくる。同じように悪い行いもいつかなにかの形で自分に返ってくる。だから誰かを呪うことで無駄に自分を傷つけるな、そうおまえに諭（さと）された」

縋ってくる忠志を殴って罵倒して終わらせていたら、俺は今こんないい気持ちにはなれていないだろう。俺は忠志を助けたんじゃない。自分自身を助けただけだ。

「ぼくがそんなことを？」

「忘れたのか？」

「悪い」

「ま、そういうもんだよな」

俺が笑うと、統理はバツが悪そうに自分の猪口に四杯目をついだ。顔色も変えずに本当にザルだなとあきれていると、ふうっと息を吐いて統理は猪口を見つめた。

「おまえは四年で達観したけど、ぼくは五年経ってもまだ無理みたいだ」

「茉莉さんのことか？」

「思い出が綺麗だと、忘れるのは難しいな」

「思い出が綺麗？」

思わず問い返した。統理はなんだという顔をしている。

茉莉さんは外資系企業で役員秘書をしていた四つ年上の女性で、統理とは翻訳の仕事を通じて知り合った。秘書をしているのが信じられないほど適当な女だった。みんなで花見の約束をしたときなど、場所を間違えて別の宴席で三十分ほど気づかず飲んでいたほどだ。

——知らない顔ばかりだったけど、統理くんの友達だろうと思って。

会社ではキャリアファッションで決めていたが、休日は終日パジャマで、チェブラーシカのカップでインスタントコーヒーを飲んでいた。気遣いは仕事で使い果たすから、家ではのんびりするというのがポリシーだったそうだ。単にズボラの言い訳ではないかと俺は思っていた。

離婚を切りだしたのは茉莉さんだ。共働きなので家事は分担していたが、両者のレベルに差がありすぎたのだ。デザインにこだわりはないが清潔と整頓に重きを置く統理と、少々汚れてても死なないし免疫ができて丈夫になるというのが持論の茉莉さんはよく衝突した。

――茉莉さん、生ゴミをゴミ箱に捨てないでほしい。

――生ゴミをゴミ箱に捨てないで、どこに捨てるの？

――この生ゴミ専用のミニ冷凍庫に入れてほしい。

――どういうこと？

――収集日まで凍らせておくと腐らないから悪臭も出ない。害虫もこない。

――最近の殺虫剤は優秀なのよ。スーパーでイチゴの香りのを見たわ。

――無駄な殺生はやめよう。ゴキブリがかわいそうじゃないか。

――ゴキブリにかける情けはありません。

普段は思いやりを持って相手を尊重していても、仕事が立て込んで余裕がなくなると、ついついお互い自分のやり方を押しつけてしまう。そしてついに茉莉さんが限界に達した。

統理くんといると息が詰まるの。なんでも理詰めでやっちゃって。わたしはいつも金魚鉢の中の金魚みたいに空気を求めて口をパクパクさせてる。ねえ、一生こうなの？　わたし日曜日はずっとパジャマでゴロゴロしてたいの。お菓子食べながら録りだめたドラマを見たいの。生ゴミはゴミ箱に捨てたいの。ゴキブリが出たらイチゴの殺虫剤でぶち殺したいの。

　人には、その人の長所が輝く時と場所というものがある。茉莉さんとの結婚生活において、統理の長所はほとんど活かされなかった。それはまた逆もしかりで――。

「うん、やっぱりおまえの記憶は改竄（かいざん）されている」

　確認作業を終えて俺はうなずいた。

「冷静と客観の間で生きてるおまえも、この件に関してはただのめでたい男だな」

「言い返せないのがつらい。離婚したときはおまえにも世話になったし」

「そうだっけ？」

　離婚後、統理はうっすら落ち込んでいた。本当はすごく落ち込んでいたんだろうが態度にも言葉にもしないので、統理の周りを薄く漂うグレイな空気感でしか伝わってこなかった。

「東京まできて飲みに連れ出してくれたことがあったろう。やたらにぎやかなところ」

「オネエバーか」

　知り合いのオネエがバーをオープンさせたので、祝いを兼ねて統理を連れて行った。気分転換にでもなればと思ったのだが、統理が離婚したばかりと知ったオネエたちから、お祝いよーと次々唇を奪われ、消毒しなくちゃーと強い酒をばかばか飲まされ、さすがの統理も途中でトイレに駆け込んだ。ザルの統理が崩れるのを見たのはあのときだけだ。

「悪かった」

あの夜の惨状を思い出し、寝転んだまま頭を下げた。俺はそれまでの恩を返すどころか、傷心の親友を慰めるに相応しい時と場所を間違え、統理を地獄に叩き込んでしまったのだ。

「あれはひどい夜だった」

統理はしみじみと嚙みしめるようにつぶやく。

「ピンクの照明に照らされた便器に顔を突っ込んで、鼻水を垂らして吐きながら、これに比べたら生ゴミをゴミ箱に放り込むくらいどうでもいいことだったと思い知らされたよ」

どうしてそれくらいのことを許容できなかったんだろうと統理は言う。

「今ならイチゴの殺虫剤でゴキブリを殺しまくれると思ったら、ぼろぼろ泣けてきた。茉莉さんが出て行ったあとも特に変化なくすごしてたのに、そうすることで喪失感をごまかしてたんだろうな。口から胃液、鼻から鼻水、目から涙、ドロドロしたものすべて吐き出してると､統理くんに捧げますとママの野太い声で『366日』のカラオケが流れてきた」

「改めて語られると地獄だな。心の底から反省する」

「なぜ。ぼくはずっと感謝していたのに」

俺は首をかしげた。

「どこに感謝できるところがあった？」

「無理やりにでも吐き出せた」

荒療治すぎる。一方でそんなものかとも思う。お互い気づかず貸したり借りたりしているのかもしれない。なんだかなあと苦笑いを浮かべると、統理も口元だけで笑った。

「百音と暮らしてから、ぼくは少し変われたように思う」

違うな、変えられたのかと統理は言い直した。雑で適当だが自分の意見ははっきり言う茉莉さんに百音は似ていて、さらに子供の傍若無人さで統理のスタイルをかき乱した。

「正直言うと、引き取ったことを後悔したこともある」

「そりゃそうだろう」

血でつながれないなら他でつながるしかない。愛情と寛容と忍耐を駆使して、それでも喧嘩は勃発し、小さな家の中で顔を背け合い、翌朝も不機嫌にすれ違い、仏頂面で向かい合い、気まずく朝食を食べ、昼くらいには反省しはじめ、しかたない、帰ったらこっちから謝るかと思いながら午後をすごす。

他人同士なんて死ぬほどめんどくさいことを繰り返すことでしかつながっていけない。わかっているのに何度も失敗する。

「で、今は？」

「いい感じだと思うよ」

統理は言う。テーブルに対して平行にリモコンを置くぼくと、ソファに寝転んだままなんとか足でリモコンを引き寄せようとする百音。学生時代のシャツを着て氏子のおばさんたちに苦笑いされるぼくと、統理はちゃんとしたら恰好いいんだからと憤慨してぼくの手を引いてデパートのメンズ館へ突進する百音。色目も質感も違うふたつが混ざり合い、途中からおまえも飛び入り参加し、もう誰が見てもフリーダムなことになっている。それが楽しいと——。

「俺も混ぜてくれるのか」

「ぼくはオムレツを包めないし、百音の髪をうまく結ってやれない」

「おまえ、不器用だもんな」

笑いながら、俺は親にカミングアウトをしたときのことを思い出した。

理解できないと怒りを向けられたならまだ救いもあろうが、ごめんなさいと泣きながら手を合わされたのは心底きつかった。あれから十三年、実家には帰っていない。ゲイに限らず、親と折り合いが悪いなんて特別な悲劇じゃない。

わかっていても孤独を感じる。そんなとき統理と百音を見ると、ほんの少し安堵するのだ。その気になれば、俺たちは血や戸籍以外でもつながっていける。簡単ではないけれど、それは確かな光だと思えるのだ。

「茉莉さんで失敗したから、百音とはうまくいってるのかな」

統理は明るくなっていくカーテンの向こうを眺めている。

「今みたいなぼくだったら、茉莉さんともうまくいったんだろうか」

「どうだろうな」

どれだけやり直したくても、茉莉さんはもういない。

統理はその問いを一生抱えて生きていくのだろう。親の期待を裏切ってしまったという苦々しさを俺が一生抱えて歩いていくように。

「ねえ、ふたりとも、いいかげん起きて、お腹すいたよ」

いつの間にか眠り込んでしまい、百音に揺り起こされた。こめかみが疼いて起き上がれない。向かいではボサボサ頭の統理が寝ぼけた顔をしている。時計を見ると夕方近かった。

「うわ、お酒臭ーい。ふたりとも大人として駄目すぎない？」

ごもっともなお叱りを受け、申し訳ございませんと統理とふたりで小さくなった。


「いらっしゃい」

日付をまたいだ午前三時すぎ、くたびれたブラックスーツのトワさんがやってくる。

「やっと会えた。フェイスブックも更新されないから店の場所もわからないし心配した」

「ごめん。ちょっと元カレんとこに行ってた」

トワさんはきょとんとした。

「なるほど。じゃあこれ、どうしよう」

いつも土産にくれるコンビニスイーツの入った袋を持ち上げる。

「くれるんだろう？」

「元カレとよりを戻しといて、まだ貢がせるつもり？」

トワさんは情けない顔をする。俺は笑ってコンビニエンスストアの袋を奪い取った。中にはいちご大福が入っている。チョコミント大福じゃなくてよかったと言う

と、

「それはよかった。じゃあ、どうかお元気で」

トワさんが踵を返す。

「トワさん、今度の休み、飯でも食いに行かない？」

トワさんが振り返った。

「元カレは？」

「四年前に別れてるけど？」

「じゃあ、なにしに会いに行ってたの」

「それがまあひどいのなんのって、ちょっと聞いてくれよ」

トワさんはいそいそと戻ってくる。下戸のトワさんのためにほうじ茶を淹れ、いちご大福を食べながらこの三日間の出来事を話した。トワさんは興味深そうに聞いていた。

そのうち夜が明けてきて、最後に互いの連絡先を交換した。

「そういえばトワさんって名前？　名字？」

「名字。十和(とわ)武彦(たけひこ)」

「うわ、お堅そうな名前」

「似合わないだろう」

トワさんがうつむいて鼻の頭をかく。ほんのわずか透けて見える後ろめたさ。この人にもいろいろあるんだろうと思ったら、なにかがうっすらと胸ににじんだ。ようやくの新しい恋の予感に、俺は密かな溜息をついた。もつれて、ほどいて、また一からやり直しかと思うとめんどくさいが、しかたない。人生はめんどくさいものだ。

くたびれたブラックスーツの背中がビル街に消えていくのを見送って、テントなどをかたづけてよっこらしょと運転席に乗り込むと、眩しいオレンジの朝陽に目を射られた。

年明け、忠志から統理の住所宛に年賀状がきた。

性懲りもなくと思ったが、高橋くんが無事生きて捕獲されたと報告があった。大学時代につきあっていた元カレの家に転がり込み、今は高橋くんと元カレと嫁さんと双方の両親を巻き込んで話し合いがされているそうだ。世界は修羅場に満ちている。

忠志からの年賀状には『家族が増えました』と新生児のドアップもプリントされていた。むちむちしていて血色がよく、男女の区別はつかないが健康そうなことが見て取れる。

相変わらずの無神経さに俺はあきれ、おめでとさんと肩をすくめた。

兄の恋人

目が覚めると、カーテンの向こうがうっすら明るんでいて安堵した。

以前はまだ暗いうちに目が覚めて、その瞬間から怖かった。

おそらく俺はずっと怖がっていて、眠っている間だけそれから逃れているのだ。恐怖の正体は不明だけれど。

——よかった。今日も朝まで眠れた。

俺は明るい室内に安心し、枕元の携帯電話を取ってメールとラインをチェックした。勤めていたときは一晩でうんざりするほどたまっていたそれらだが、実家に戻って半年経った今は静かなものだ。数通きているネットショッピングの宣伝メールをすべて削除していく。

ベッドに横たわったまま、次はフェイスブックとインスタグラムをチェックする。友人たちの日常。仕事、ランチのメニュー、休日のデート、読んだ本、観た映画、趣味。俺の情報はまったく更新されないが、義務でいいねを押していく。もうつきあいもないのですべてフォロー解除したいが、そのことで心理的負担を負いたくない。

さて、これでもう今日のやるべきことはなくなった。目を閉じると、ゆるゆると した眠りに襲われた。薬の副作用でいつもうっすら眠い。以前、眠りは幸福と同じ意味を持っていた。今は苦痛はないが、出口もない、生ぬるい池に静かに沈んでいくように感じる。

次に目覚めると午後も遅かった。口の中がねばねばする。これも薬の副作用だ。息を吸うたび口臭が気になり、一階に下りて歯磨きをした。口の端から泡が垂れて手でぬぐう。髭剃りをサボっているのでざらざらするが、人と会う予定もないのでいいかと洗面所を出た。

「基、お昼、冷蔵庫に入ってるから」

母親がリビングでテレビを観ながら声をかけてくる。俺は冷蔵庫を開け、ラップがかかっている冷やし中華を取り出した。居間と二間続きの台所のテーブルで手も合わせず麺をすする。開け放された居間からエアコンの冷気が流れてくるので夏という気がしない。

「お鍋にお味噌汁あるわよ」

「いい、めんどくさい」

「ガスのつまみひねるだけでしょう」

やれやれと母親がやってきて、ガスの火を点けた。突沸しないようおたまで底からかき混ぜ、食器棚から椀を出して味噌汁をよそう。汁が椀にたれたのでティッシュでぬぐう。つまみをひねるだけじゃないよなあと思う。味噌汁を飲むだけでも何工程も手間がかかる。

味噌汁の具は茄子だった。昨日は茄子の煮物が出たので連日茄子づくしだ。父が定年退職したあと、母が近所に畑を借りて夫婦で家庭菜園に励みはじめた。今年の夏は茄子が豊作らしい。味噌汁を温め直すのも面倒なのに、具からの製作過程を想像して気が遠くなった。

「ねえ、夜なに食べたい」

「昼飯食ってるときに夕飯のこと訊くなよ」

「こっちは準備があるのよ」

「なんでもいいよ」

「その言い方、お父さんにそっくり。じゃあ茄子の天ぷらね」

「また茄子か」

「なんでもいいって言ったでしょう」

母親は居間に戻り、またテレビを観はじめた。人気俳優の不倫がどうのと聞こえてくる。へえ、爽やかそうに見えてやるなあと思いながら冷やし中華をすすり、小窓から洩れてくる蟬の声などを聞いていると、自分という存在ごと溶けて流れていくようだった。

　たった一年前、俺は東京で暮らし、準大手ゼネコンに勤めていた。人の尊厳を踏みにじるような罵倒にも、存在意義が吹っ飛びそうなほどの残業にも、大学時代にラグビーで全国ベストエイトに進出したときの主将経験で耐え抜いた。周りもほとんどシゴキ耐性のついている運動部出身の男ばかりで、女は二年続かないことがほとんどだった。能力ではなく、単純に体力の問題だ。

　日々、納期との戦いだった。規模が大きすぎるせいで渡される設計図は付随する書類自体が未完成なのが当たり前。そのたび照査していくのだが、基礎となる計算書がケースバイケースでしか成り立たず、正直、最初はどこから手をつけていいのか途方に暮れる。

　それをひとつひとつ修正し、設計図に反映させ、工程を上にも下にも回し、無理だと泣きついてくる下請けに最初は丁寧に対応していたが、入社して三年も経つころには自分の父親ほどの年齢のおっさんを、気合いでやれよ、甘えてんじゃねえよと怒鳴りつけるようになっていた。完全なパワハラだったが、体育会系の業界なのでそれが普通にまかり通っていたのだ。

　下請けを怒鳴る以上に、俺も上司から怒鳴られた。下請けに舐められてんじゃねえぞ、給料泥棒がと罵られ、すんませんしたっと直角で頭を下げ、休日も対応に追われ、月に二日休めたらスーパーラッキーと喜ぶ日々。それが普通だと思っていたし、毎日ボロ布のようになって家のベッドに倒れ込むときは、今日も一日よく働いたと充実感すら感じていた。

猛暑だった去年の夏、食欲が落ちて体重ががくんと減った。残業続きで帰宅が深夜になることが常態化していたのに、なぜか早朝に目が覚めるようになった。彼女に愚痴ると、病院に行きなよと言われた。そうだなあと答えながら、そんな時間あるかよと思っていた。

体調はみるみる悪化していった。早朝に目が覚めた瞬間、

——怖い。

と感じるようになった。理由はない。ただ漠然とした不安に胸を埋め尽くされている。暗闇の中で俺は混乱した。もう一度眠ろうと思っても意識は完全に醒めている。じゃあ起きてシャワーでも浴びようとしても、起き上がることに多大な労力を要した。なんだこれは。

——疲れがたまっているようですね。

やっと半休を取って行った内科の診察室で脱力した。そんなことはわかっている。医者ならもう少しまともなことを言えよと歯がみした。少し休めませんかと問われたが、休めるならとっくに休んでますよと冷笑で答える。そうですよねと医者は穏

やかにうなずいた。

——自律神経が乱れているようなので、眠れる薬を出しましょう。

睡眠薬は効いた。早朝に目覚めることもなくなった。けれど目覚めた瞬間の恐怖はふくらんでいくばかりだった。得体の知れない恐怖に駆られて動悸までするようになった。毎朝、死ぬ思いで起き、歯を磨き、顔を洗い、髭を剃り、スーツに着替えてネクタイを締める。

集中力が続かず、仕事でミスが多発した。上司から怒鳴られ、頭を下げ、いつものことなのに泣きそうになり、そんな自分に引きつり笑いをしながら焦っていた。睡眠薬は効かなくなり、もっと強い薬を出してほしいと頼むと心療内科の受診を勧められた。

——うつですね。休みましょう。

心療内科の医者からあっさりと告げられたとき、頭が真っ白になった。

——坂口さん、大丈夫ですか？

医者が覗き込んでくる。俺は姿勢を保っていられず、ゆっくりと前のめりに上体を倒した。膝に額がつくほど身体を折り曲げ、こらえきれず嗚咽した。

入社して十年、うつ病で辞めていく同僚を腐るほど見ていたが、そんなのは気合いの問題だと思っていた。自分までがそうだと認めるわけにはいかず、そのくせ医者というプロフェッショナルから断定され安堵した。やっと楽になれたと感謝して泣いた。

俺は完全に壊れていた。

病状を相談した上司からは、おまえもかという目で見られた。戦力外通知に等しいアシスタント業務に回され、責任から解放されたのも束の間、同僚からのいたわりに耐えられなくなった。それまでうつで戦線離脱した同僚を、俺自身が憐れんでいたからだ。

情けないやつだな。

根性が足りないんだよ。

そう思われていることがひしひしと伝わってくる。あるいは、勝手に俺がそう思い込んでいたのか。最後は過呼吸で倒れ、白旗を振らざるをえなくなった。

そのときの俺は、風呂に湯を満たすことができなくなっていた。自分のためにたっぷりと温かい湯を使うことがもったいないと思っていたのだろうか。自分には心地よさを味わう権利はないと思っていたのだろうか。わからない。筋も道理もない。ただ湯を満たせなかった。

退職して少しの荷物と一緒に戻ってきた俺を見て、両親は絶句した。十キロ以上痩せ、自慢だった胸筋も上腕二頭筋もそげ落ち、なにを問われても「眠い」としか返せなかった。

　あれから半年が経とうとしている。仕事を辞めただけなのに人生までが終わったようで、いっそ死にたいと思っていた時期もある。なのに今もだらだらと生きている。救いは貯金があることだ。親に金銭面での迷惑はかけていない、という一点で俺は生存の権利を得ている。

　毎日ごろごろしているが、両親はなにも言ってこない。帰ってきたころに比べたらマシになったからだろう。あのころはろくに口もきかず、必要以外は自室に引きこもっていた。今は食事は一階で食べるし、たまには散歩に出たりもする。

　早朝出勤、深夜までの残業、休日出勤から解放されて、身体はずいぶんと楽になった。なのに楽な毎日を積み重ねるほど、罪悪感と焦燥感がふくらんでいく。

　――休んでいることを申し訳なく思わないでいいんですよ。

　――これは病気なんですから。

　――あなた自身に悪いところはなにもないんですよ。

　医者はそう言う。けれどどれだけ怠けていても許されるなんて、励ましたり文句を言ったりする人のほうが責められるだなんて、そんな自分にだけ都合のいい世界に浸っていていいのかと焦る。自分が楽をしている分、周りがしんどい思いをしているのは明白じゃないか。

――そういう考え方をする人だからこそ、つらいんですよね。

なにを言っても穏やかな笑みで肯定される。人間味をほとんど失したその対応に、うつとは別の意味で自分を殺されている気がする。そんなふうに感じるのも病気のせいか？

遅い昼飯のあと、自室でゲームをした。テレビ画面の中で自分の分身が戦っている。前屈みの姿勢になると、スウェットにうっすら肉がのった。自分の腹にシックスパックがあった日はもう遠い夢だ。たるんだ肉体を見ないよう、ひたすら敵を倒していく。

夕方になって、予約しているメンタルクリニックへ出かけた。二週間に一度、経過を診てもらい薬をもらう。先月から減薬に入り、一度がくっと気持ちが落ちたが、少しずつ慣れてきた。これを繰り返して最終的には薬をやめて治療終了となる。とりあえず目標は年内。

薄いサーモンピンクの壁紙がやわらかな印象のクリニックだ。ビルの中に新しく開業し、この時間帯だと会社や学校帰りの患者が多い。こざっぱりとしたビジネスホテルのような受付カウンターに診察券を出したとき、あ、とつぶやきが聞こえた。

「基くん？」

はっと視線を向けた。受付の女性と目が合う。肩につくくらいのボブヘア、俺よりもいくらか年上だろうか。どこかで見た覚えがあるが、こんなところで知り合いに会うなんて最悪だ。

「高田桃子です。高校生のとき、お兄さんと……」

亡くなった兄の恋人だった。

「桃ちゃ、あ、桃子さん、どうも、ご無沙汰してます」

焦って頭を下げる俺に、桃子さんは目を細めた。

「桃ちゃんでいいわよ。ごめんなさい。あんまり懐かしかったから思わず声かけちゃって」

「いえ、まさかこんなところで会うとは思いませんでした」

必死で愛想をかき集めて笑顔を作りながら、『こんなところ』という言葉を使ったことを悔やんだ。相手に失礼だ。以前ならこんなミスはしなかった。引きこもるようになってから、言葉をうまく使えなくなった。その場に相応しい言葉がとっさに出てこないのだ。

「もしかして、今まで俺に気づいてました？」

「ううん、わたし先週からここに勤めだしたの」

「そうなんですか」

奥から看護師の女性がやってきて、お願いしますと桃子さんにカルテを差し出した。俺は軽く頭を下げて待合室のソファに腰を下ろした。うっすら冷や汗をかいている。

まさか『こんなところ』で知り合いに会うとは思わなかった。まいったなと触れた顎がざらざらしていて、髭を剃っていないことを思い出した。服もこれ以上なく適当だ。今の自分を他人の目で想像すると気持ちが落ちていく。最大のストレスであった仕事を辞めて半年、身体は楽になったが精神的には別の負荷がかかるようになった。

たとえば近所のおばさんたち。子供のころから知っているという気安さがあるのか、家族ですら言わない、いや、家族だからこそ踏み込まない部分にズバズバ斬り込んでくる。道で顔を合わせるたび、お勤め辞めたんだってねと挨拶のように声をかけられる。うつは怖いね、いいところにお勤めだったのにもったいないねと気の毒そうな目で見られる。三十三歳なんて働き盛りなんだから早くお仕事決めなきゃね、お嫁さんもらわなきゃいけないしと続き、

——お兄さんの分まで親孝行しなきゃね。

と締めくくられ、俺は負け犬のようにその場を去るしかない。

おばさんたちに悪意はない。ただデリカシーが足りないだけなのだ。ざっくばらんとかおおらかという言葉で自分を肯定していく人間には勝てない。そう皮肉るた

び、少し前までの自分の傲慢さを思い出す。俺より長く生きてるのにこんな仕事もできないのかと下請けを怒鳴り散らした。会社の力を自分の力のように勘違いしていた。俺はおばさんたちより罪深い。

そのうち昼間は出歩かないようになり、当初通っていた総合病院からこっちのクリニックに転院した。総合病院の診察は午前がメインだし、近所の老人率が高すぎる。こちらは夜の診察があり、患者層も若いので通いやすい。なのに知り合いに会うなんてと受付を盗み見た。

老けたなあ、というのが率直な感想だった。

俺は高校生のころの桃子さんしか知らない。

坂口創は俺の自慢の兄だった。六つ年上で、サッカー部のスターで、身体が大きく、ちょっと荒っぽく、大食らいで、いつも日焼けした真っ黒な顔で笑っていた。部活が忙しくてあまり遊んでもらえないのが寂しく、小さかった俺はいつも兄のあとをついて回った。

兄が初めて女の子を連れてくると言った日、母親はずっとそわそわしていた。それが昔同じマンションに住んでいた『幼なじみの桃ちゃん』だと知って、懐かしいわ、懐かしいわと母親は大喜びしていた。俺は不満だった。モテる兄のことだから、とびきりかわいい女の子を連れてくると思っていたのだ。それが地味な桃ちゃんだなんて。

そのままを伝えると、大人になったらわかると兄はふっと鼻を鳴らした。高校生がなにを言うかと今なら笑ってしまうが、小学生の俺の目には兄も桃子さんも大人に見えた。

ふたりは仲がよく、母親も桃子さんを気に入っていた。桃子さんの地味さは同世代の男よりも親世代に好まれる。兄は男らしい男だったし、女の趣味も保守的だったのかもしれない。俺は良妻賢母タイプより、とにかく顔がかわいくて胸の大きい子が好きだ。

最後に桃子さんと会ったのは兄の葬式だ。いつもにこにこしている桃子さんが、あの日はなんの表情もなく青ざめていた。重苦しい空気に耐えられず葬儀場の外に出ると、祖父がぽつんとひとりでいた。八月の強烈な日差しを受け、濃い影が喪服の祖父の足下から、もうひとりの祖父のように伸びていた。お祖父ちゃんと呼びかけると、ゆっくりと影ごと振り返る。

——創の分まで、おまえは元気で長生きしなくちゃいけないぞ。

干からびた薄い手を頭にのせられ、俺はこくりとうなずき、少し泣いた。兄のあとを追うように祖父は翌年他界し、それが祖父と交わした最後の約束になった。

元気で長生きしなくちゃいけない俺は、三十三歳で人生をリタイアしている。

「へえ、桃ちゃん転職したのね」

俺の分の夕飯を温めなおしながら母親が言う。茄子の天ぷら、手羽先と大根の煮物、それにゴーヤのおひたし。豆腐の味噌汁にもなぜか茄子が入っているし、さりげなくつけあわされている漬物も茄子だ。どれだけ始末に困っているのだろう。

「ずっと中央病院にお勤めしてたのにね」

「母さん、桃ちゃんと会ってるの？」

「うちのお寺さんからの又聞きよ。毎年創のお墓参りにきてくれてるから」

「二十年以上経つのに？」

「そう、ずっときてくれてるの。あんたなんかここ何年もサボってるのに」

忙しかったんだからしかたないだろうと思ったが、兄の墓参りまでサボって打ち込んでいた仕事は俺を壊した。母親はそれについては触れず、どっこいしょと向かいに座った。

「中央病院は若い事務員さんばっかりだし、居づらくなっちゃったのかしらね」

「どこの職場も年寄りは煙たがられるからな」

「嫌な言い方しないの。でも女の子は独身だと肩身がせまいしねえ」

「結婚してないの？」

「いい娘さんなのにもったいないわね」

「兄貴のこと、忘れられないとか？」

問うと、あきれた目を向けられた。

「男ってどうしてこうロマンティストなのかしらね。いくらなんでも、そんなおめでたい女がいるわけないでしょう。どれだけいい娘さんでも縁遠い人っていうのはいるのよ」

「まああの人、男に受けるタイプじゃないからな」

「桃ちゃんのよさがわかんないなんて、あんたは女の子を見る目がないわね」

「兄貴はあったんだ？」

母親はそれには答えず茄子の漬物をかじった。

「なんにせよ、毎年命日にお墓参りにきてくれるんだからありがたいわ」

「そのわりに一度も会ったことないけど」

「わたしたちとは時間をずらしてるのよ」

「声かけてあげればいいのに」

そう言うと、馬鹿言わないのと母親は眉をひそめた。

「お参りにきてくれるだけでありがたいのに、こっちから声なんかかけたらプレッシャーになるでしょう。行ってもいいし、行かなくてもいい。他人のお墓なんてそれくらいでいいの」

母親は寂しそうに笑ったあと、ふと表情を入れ替えた。

「でも、あんたは行っちゃ駄目よ」

「どこに？」

「縁切りマンション」

「桃ちゃん、まだあそこに住んでるの？」

「らしいわよ。だから桃ちゃんと親しくなっても行っちゃ駄目よ」

「まず親しくなることがないと思うけど」

なにも察していないふりで、俺は茄子の天ぷらにソースをかけた。

俺たち一家が昔住んでいたマンションには、屋上に縁切りの神さまを祀った神社があり、地元では縁切りマンションなどと不吉な名で呼ばれていた。実際の住人からすればオーナー兼宮司夫妻の手入れがよく、オープンカフェのような憩いの場だったのだが。

住人はガーデンテーブルやベンチでお茶を飲み、宮司夫妻とおしゃべりを楽しみ、子供は夏の肝試しが恒例化していた。そういえば、ビビりすぎた俺がおしっこを漏らしたのはいつの夏だったか。兄はおろおろし、桃子さんが世話をしてくれた。

引っ越すときは寂しかった。古いけれど手入れの行き届いた建物、優しい宮司夫

のに、妻と美しい屋上庭園。俺たち家族にとって、あのマンションは懐かしい場所だった

——やっぱり、縁起の悪い場所だったのかしら。

兄の葬式のあと、母親がぽつりとつぶやいた。

桃子さんとつきあうようになり、兄はよく古巣のマンションでデートをしていた。縁を断ち切るという不吉な神さまが祀られている場所なんかに出入りしていたから、兄が連れていかれたのではないか。

言いがかりだと母親もわかっているだろう。

けれど家族を二度とあそこに出入りさせたくないと思っている。

親心だよなあと、俺は尻ポケットからピルケースを取り出した。ラムネより小さな白い錠剤を適当に緑茶で流し込み、俺の無為な一日がようやく終わる。

風呂から上がったあと、自室のベッドに倒れ込んだ。濡れ髪で枕が湿るのが気持ち悪いが、ドライヤーを使うのもタオルを敷くのもめんどくさい。今日は予期せず知り合いに会ったせいか気分が沈んでいる。最近は落ち着いていたのにと思うと、桃子さんが恨めしくなった。

——また話しかけられたらめんどくさいな。

次の通院を思って憂鬱になっていると、テーブルに置いていた携帯電話が震えた。びくりと身体が跳ねる。うつになってから不意打ちの音に過敏になった。画面に『真由』と出ている。

『もしもし、基くん？』

女らしい甘い声音にほっとした。

「おつかれさん。今日も遅いな。残業？」

もう十時を回っている。そうなの、お腹へっちゃったと笑う真由の声の後ろから、地下鉄のアナウンスが聞こえてくる。東京の気配だ。懐かしさとプレッシャーで胸がざわめく。

真由とはつきあって三年になる。ゼネコン勤めの俺にはよく合コンの声がかかり、真由ともそれで出会った。真由は学生時代に雑誌の読者モデルをしていたくらいの美人で性格もよかった。俺がうつを患ったときも心配してくれて、こうなる前には結婚の話も出ていた。

『調子どう？』

「いい感じだよ。減薬もうまくいってる」

『よかった』

安堵の吐息が洩れる。自分を案じてくれる女の存在は心強い。けれどそれに俺がゆったりと浸かる前に、『就職活動のほうはどう？』と続いた。

「まずは治療を終えることを目標にって医者からは言われてる」

『そうだね。今は元気になることが一番だし』

「ああ、焦ってもろくなことがない」

俺は余裕があるように答えた。

『一生のことだからよく考えて、条件の合うところを選ばないとね。基くんのキャリアならどこもほしがるだろうし。そういえばわたしの先輩の旦那さん、お父さんがG建設の部長なんだって。基くんのこと話したら、元気になったら紹介してあげようかって言ってたよ』

「G建設かあ。あそこマリコンだからなあ」

『嫌なの？』

「じゃなくて、マリコンは専門性高いんだよ。俺とはまた畑が違う」

そうなの、知らなかったと真由が息を吐く。今度は落胆の色が濃かった。

「あのさ真由、ちょっと言いにくいんだけど」

『なに？』

「俺の話、あんまり知り合いにしないでほしいんだ」

『どうして？』

「うつで退職なんて聞こえが悪いし」

『そんなことないよ。今は多いみたいだし』

「でも再就職の紹介なら、そんな頼りないやつ雇いたくないと思うよ。それに真由の知り合いなら俺も長いつきあいになるんだから、あんまり恰好悪い話されたくないというか」

『……あ、そっか。そうだよね。ごめんなさい』

「いや、これは俺のわがまま。ほんとごめんな。真由が俺のためにいろいろ考えてくれてるのはわかってるし、そのことはすごく感謝してる」

本心からの言葉だ。うつが悪化しはじめたとき、真由は毎日俺のマンションに通って食事や身の回りの世話をしてくれた。仕事帰りで疲れているだろう平日でも嫌な顔ひとつせず、してほしいことがあったらなんでも言ってねと笑ってくれた。それまでも将来の話はちらほら出ていたが、真剣に真由と結婚したいと思ったのはあのときだった。

「ごめんな。俺のせいで結婚待たせてるのに偉そうなこと言って」

『わたしが無神経だったのよ。ごめんなさい』

そう言ってもらえると、正直、ほっとする。回復してきているとはいえ、再就職の話になると鼓動が速くなる。プレッシャーゆえの緊張だとわかっているがどうしようもできない。

『あーあ、基くんに会いたいなあ』

真由の声がふんわりと甘みを帯びた。

『そろそろ東京に戻ってこない？　それでこっちで通院するとか』

ふかふかのパンケーキにかかった蜂蜜（はちみつ）のような提案に、とろりと心が安らいでいく。

「そうだなあ、そうしようかな」

『本当？』

ぱっと真由の声が華やぎ、安堵のメーターがさらに上がっていく。好きな女に必要とされることが、波打ち際の砂のように脆くなった自尊心を復元してくれる。

「俺もそうしたいよ。ひとりで東京に放っておいて他の男にかっ攫われたらたまんないからな」

真由がおかしそうに笑う。信じているから言える冗談だ。

「でもそっち戻るのは、もう少しかかるかも」

『そうなの？』

治療はうまくいっているが、今までの遅れを取り戻そうと焦ってはいけない、揺り返しに気をつけるよう医者から釘を刺されている。うん、うんと真由は真剣に聞いている。

ほんと嫌になるよと溜息をついた。一般社会では評価に値するポジティブ思考や努力が回復のための枷になるという。うつという病気は、俺からとことん社会性を奪っていくのだ。

『考えすぎるのもよくないから、ゆったり構えてたほうがいいよ』

なだめるような声音に、語りすぎたことに気づいた。真由が離れていかないとわかっているからつい愚痴ってしまったが、あまり心配をかけるのはよくない。

「でも今の調子なら年内に治療終わりそうだし、すぐ東京に戻って再就職も本腰入れるよ」

『そうなったら嬉しい』

「ああ、これ以上真由に寂しい思いさせないから」

じゃあと明るい調子で通話を切り、数秒の空白をはさんだあと、俺は携帯電話を持つ手ごとベッドに投げ出した。そのままごろんと横向きになって目を閉じる。

なぜか気持ちが落ちていた。なにが原因だろう。再就職の話をされたからか。東京に戻ってきてほしいと言われたからか。真由は俺のことを好きで心配してくれてるのに。俺だって話してるときは嬉しかったのに。

なのになぜ？　なぜ？　なぜ俺はこうなってしまうんだろう。

医者は俺に原因があるのではないと言う。疲れすぎているために身体や精神をうまく動かせないだけなのだと言う。病にかかったことで自分を責める必要はないのだと言う。

けれど。けれど。けれど。

急激に落ちていく感じが怖くて背中を丸めた。

今夜はもうなにも考えるな。寝ちまえ。それが一番いい。

わかっているのに意志どおりに動かない頭の中で、歯車はギシギシと軋みながら回って思考を続ける。真由は今年で三十歳になった。アパレル会社の通販部門でチーフを務め、仕事は楽しんでやっているが、早く子供がほしいとも言っていた。そのときは俺も元気で、出産はリミットがあるからという真由の話をそうだよなとうなずいて聞いていた。

――とんだ計算違いだ。

真由が三十歳になるまでに結婚し、二年以内に第一子誕生。最初は娘がいい。できればふたり目もほしいし、今度は息子がいい。家族が増えたら郊外に家を買う。俺の給料なら真由は専業主婦でやっていけるだろうが、子育てが一段落したら働いてもらったほうがいいかもしれない。二馬力だと余裕のある暮らしができる。そんなことを話していたのが夢のようだ。

今の俺には社会的価値がない。そんな考えはよくないとわかっているが、そう思ってしまうのだ。働けない、稼ぎがない、病気を抱え、実家住まいで親に面倒をかけている。そんな無価値な俺を愛してくれる真由を大事にしなくてはと思う。

今は真由だけが、自分と社会をつないでいる細い糸のように思う。

真由のためにも早く元気にならなければ。早く東京に戻らなければ。早く再就職先を見つけなければ。早く結婚しなければ。早く子供を作らなければ。早く両親に孫の顔を見せなければ。子供を安心して育てられる家を買わなければ。子供が成人するまで親として稼がなくては――。

ぱちん、と唐突にスイッチが切れた。

世界が消失したように頭がからっぽになった。

そのあとはもう指一本も動かすのがおっくうになった。ああ――。


起きると家の中はしんとしていた。

亡くなった兄の命日で、両親は墓参りに行っている。昼からは親戚と合流して鰻屋に行くのが恒例となっていて、おみやげにうな重を買ってくるとメモが残してあった。

俺はここ何年も墓参りをサボっている。勤めていたときは忙しすぎて帰省できず、貴重な盆休みは身体を休めることと真由とのデートが優先された。年末はさすがに顔を出したが、両親と年越し蕎麦（そば）を食べ、近所の氏神に初詣に行き、母親の料理にうまいと言い、それだけで息子としての務めを果たした気分で三が日が明けないうちに東京に帰っていた。

——一体どこが親孝行だ。

忙しい身で帰省するだけでもたいしたものだと驕っていたのだろう。

適当にラーメンを作って食べたあと、シャワーを浴びて髭を剃り、こざっぱりとした服に着替えた。日々ごろごろしているだけなのだから、兄の墓参りくらいせねば顔が立たない。本当なら両親と一緒に行くべきだった。けれどふたりはなにも言わなかった。親戚と顔を合わせたくない俺の気持ちに配慮してくれたのだろう。ありがたいが、それもそれで情けない。

八月の午後二時は殺人的な暑さだ。駅まで歩くだけでも後頭部が焦げそうに熱くなる。兄の命日は昔からカンカン照りが多い。あの子はお日さまみたいな子だったからというのが思い出話の定番だが、この時間ならもうみんな鰻屋に避難しているだろう。

霊園には電車とバスを乗り継いでいく。山の中腹にあるので緑がどんどん深くなっていき、バスの窓越しにちらちら差し込む木洩れ日に目を眇めた。ゆるやかに曲がりくねる坂を上がっていきながら、こんなに夏らしい夏を感じたのは久しぶりだと思った。

終点の霊園前で降り、山の涼しい風に一息ついた。入り口でお参り用のセットを買い、坂口家の墓がある区画へと歩いていく。振り返ると市内を見晴らせるのも気持ちよく、子供のころから何度もきているので懐かしささえ感じる。俺もここで眠るのかと考えた。

墓の前には女の人がひとりいた。親戚だったら面倒なので引き返そうと思ったとき、女の人がこちらを向いた。目が合い、ようやく桃子さんだと気づいた。こうなるともう回れ右はできず、俺はめんどくさい気持ちを顔に出さないよう墓に向かった。

「わざわざありがとうございます」

身内として頭を下げると、桃子さんも会釈をして立ち上がった。

桃子さんが場所を空けてくれたので、俺も花を供えようとしたが、両親たちが供えたものでいっぱいだった。その下に白と青を基調とした控えめなサイズの花があり、こちらが桃子さんだろう。俺の花もその横に置き、線香をあげようとしたがライターを忘れてきた。

墓参りをサボっていた上に、くるときはいつも家族と一緒だったので気が回らなかった。桃子さんが笑ってライターを貸してくれた。風除けがついている墓参り用の黒のライターで、この人の暮らしに墓参りが根付いていることが透けて見えた。

手を合わせ、まずは無沙汰を兄に詫びた。けれどそのあとが続かない。

兄が死んだとき、俺はまだ小学生だった。もう二度と兄には会えないという悲しさはあったが、二学期になったらけろっと学校に通い、友達と元気に遊び、けれど兄が生きていたころのまま、兄だけがいない部屋の前を通るたび、妙にからっぽな気分に襲われたことを覚えている。

兄が死んだあと、両親はなにかに怯えるように俺を甘やかすようになった。俺は自慢だった兄に倣(なら)って地元少年団のサッカーチームに入団し、すぐにレギュラー入りを果たした。さすが創の弟だと監督たちに感心され、両親も嬉しそうで、俺も満足だった。しかし高校からはラグビーに転向した。

――なんでサッカーじゃ駄目なの。

母親が縋るような目をし、答えあぐねている俺を見て父親が言った。

――基は基なんだ。好きにさせてやれ。

母親が表情を変えた。そうよね、ごめんねと謝られ、俺は居心地が悪かった。

目を閉じて手を合わせ、強烈な日差しにうなじを灼(や)かれながら、俺はすっかり治って薄れてしまったひっかき傷のような思い出をなぞった。

今の今まで忘れていたのに、なぜかあのときの母親の表情や、そのとき感じた自己嫌悪までくっきり思い出す。

立ち上がって振り返ると、まだ桃子さんがいた。思い出話でもしたいのかなと少し煩わしく思ったが、桃子さんはちょっとごめんなさいねと断ってから供えてある菓子を取った。

「お供え物を残していくと鳥が荒らすのよ」

桃子さんは俺を待っていたわけではなかった。

なんとなくふたりで並んで歩き出す。お参り用のあれこれが置いてある売店の横に屋根付きの東屋(あずまや)がいくつかあり、次のバスまで時間があるので俺たちはその中のひとつに腰を下ろした。ふたつ向こうの東屋では弁当を食べている家族連れがいる。小さく笑い声が聞こえてきて、なんだかピクニックのようだ。

「今日はお母さんたちとは別なの？」

「ああ、はい。親戚と顔合わすとめんどくさいんで」

やっぱり思い出話コースかなと、これからの面倒な時間を思った。

「そうね。わたしも親戚と顔合わせるの嫌だからわかる」

「そうなんですか」

「いつ結婚するんだ、もうする気はないのか、老後はどうするんだってなぜか叱られて、三日後にはお見合いの釣書が回ってくるのよ。お断りすると贅沢だって叱られるし」

「それは大変ですね」

俺はちょっと引いた。いきなり個人的な話をしてくる女はやばい。あまり関わらないでおこうと気持ちを薄くしていると、クーと小動物のような鳴き声がした。

「あ、ごめんなさい」

桃子さんの腹の虫だった。朝からコーヒーを飲んだだけなのと言い、鞄からさっき墓の前から回収した菓子を取り出した。うまい棒のサラミ味だ。

「よかったら、基くんもどうぞ」

「あ、どうも」

俺が食べなければ桃子さんも食べづらいだろう。しかしなぜにうまい棒なのだ。墓参りの供え物ならば、もっとそれらしい和菓子や酒などがあるだろうに。

「坂口くん、これ大好きだったのよね」

「あー……」

そういえば兄はファストフードや駄菓子が好きな高校生だった。わかっているのに時間の経過と共に薄れていく認識。身内の自分ですらそうなのに、桃子さんの中では今も二十年以上前の高校生の兄が息づいている。俺は手の中のうまい棒を見つめた。

「そうか。桃子さん、兄貴の彼女だったんですもんね」

ふたりの関係をうまい棒で実感するのは妙な感じだった。

「坂口くんはモテる人だったから嬉しい一方で大変だったわ」

桃子さんが遠くの景色に目をやりながら微笑む。

「嫌がらせとかされたんですよね」

「知ってるの？」

「なんとなく。ビーナス事件とか聞いた覚えがあります」

「あれはひどかった。ほんと。慰めてくれるどころか大笑いされたんだもの」

「元気が余ってる人でしたから」

そうなのよと桃子さんが本当におかしそうに笑う。自分が言ったことで誰かがこんなふうに笑ってくれるのは久しぶりだった。なんだか俺は嬉しくなった。

「基くん、マンションの屋上に神社あったの覚えてる？　あそこで毎年夏になるとマンションの子供が肝試しして、坂口くんがリーダーになった年はすごく盛り上がったわよね」

「あれは思い出したくありません」

そう言うと、桃子さんが小さく噴き出した。

「今、なにか思い出しました？」

「ううん、なんにも」

「ごまかしてくれなくていいですよ。俺がお漏らししたことでしょ」

ぶすっと言うと、桃子さんはごめんねとまた楽しそうに笑った。

「坂口くん、ああいう行事ってすごく張り切る人だったわよね。あの年はお母さんから古くなったシーツをもらって、坂口くんがそれを頭からかぶって屋上の狛犬の後ろに隠れて脅かすって趣向だった。トマトジュースを血みたいにシーツにかけようか、それともなんにもせずに静かに化けて出るのがいいか真剣に悩んでたのよ。結局スペクタクルを求めてトマトジュースにしたんだけど、基くんがお漏らししてくれたから坂口くんはすごく嬉しかったみたい」

俺にとっては黒歴史だが、桃子さんにとっては輝く思い出なのだろう。身内の知らないリアルな当時の兄の言動、ひとつひとつが煌めく宝石のように語られる。

——やっぱりまだ好きなんじゃないかな。

そんなおめでたい女がいるわけないでしょう、という母親の声が蘇る。

それも言えている。死んだ恋人をずっと想い続けるなんて十代の少女ならロマンティックだが、桃子さんは兄と同い年だから——今年で四十歳だとわかった瞬間ロマンティックが吹き飛んだ。その年齢で一途すぎる女は怖い。圧が高すぎる。

今日の桃子さんは喪服ではなくベージュのワンピースを着ている。化粧も薄く、年のわりに肌が綺麗だ。全体の雰囲気からしてナチュラル系なのだろう。インテリアはレトロかシンプルのどちらかで、食事は健康志向。デートのときは胸元に陶製(とうせい)の小鳥のブローチをつけ、籐素材のバッグを持ったりする。女目線だと自然体で、男目線だと色気がないタイプ。

俺はもっとわかりやすい女が好きだ。かわいくて、優しくて、派手ではない程度におしゃれで、最低限の社会情勢は知っているがひけらかさず、料理や家事が得意で子供が好きで——と羅列しながらモデルハウスみたいな女だなと少し恥ずかしくなった。

「どうしたの?」

桃子さんがこちらを見る。いつの間にか会話が途切れていて焦った。

「あ、いや、桃子さんは結婚しないんですか?」

すぐに後悔した。この年齢の女性の地雷を踏んでしまった。

「いや、あの、すみません、そんなことどうでもいいですよね」

「どうでもよくはないわよ」

回収した質問をあっさり奪い返され、俺のほうが戸惑った。

「さっきも言ったでしょう。わたしくらいの年齢の女に結婚はすごくたいしたこと……だとみんな思ってるのよ。その件について少しでも隙を見せたら揉みくちゃにされるの。わたしのおでこにでっかく『結婚したい！』って油性ペンで書かれてるみたいにお世話されるの」

「みんな桃子さんのことを心配してるんじゃないですか？」

「そうなのよ。わたしのことを寂しいと死ぬうさぎみたいに思ってるみたい」

「孤独は死の原因になりますよ。うさぎのソレはデマみたいだけど」

「わたしも真実のうさぎと同じく、寂しいからって理由で死ぬ予定は今のところないわ」

言い方に笑ってしまった。

「じゃあ桃子さん、本当に結婚する気はないんですね」

「二択しかないその訊き方がねえ」

桃子さんは溜息をつき、ぴりっとうまい棒の袋を縦に破った。懐かしい香ばしい匂いがこちらまで届く。俺もつられるように袋を破った。一口かじる。うん、こんな味だった。

「絶対に結婚しないって決めてるわけじゃないのよ。でも相手がいないことにはね」

「だからみんな相手を紹介してくれるんじゃないんですか？」

「それをわたしはありがたいと思わなきゃいけない？」

俺は少し考え、いいえ、と首を横に振った。

「ありがたいなんて、そんなこと全然思わなくていいですよ」

頼んでもいないのに押しつけられるなんてうっとうしさの極みだ。

「でしょう。でも断るのもすごく気を遣うし、それでも断ったら贅沢って言われるし」

「どうすりゃいいんでしょうね」

「しかも向こうから断られることもあるし」

「ああ……」

「ほんと、にっちもさっちもいかないわ」

桃子さんは左手を後ろにつき、景色を眺めながらうまい棒をかじった。

「去年あたりまではジタバタしてたんだけど、ちょっと心境の変化があって吹っ切れたの。正直寂しいときもあるし先を考えると不安だけど、まあこればかりはしかたないわよ」

桃子さんは上唇についた菓子のパウダーをぺろりと舐め取った。

隣で、俺はちょっと狐につままれたような気分でいる。

こんなに話しやすい人だとは思っていなかったのだ。

けれどよく考えると、昔からそうだったか。一見おとなしそうだが、しっかり者の優しいお姉さんで、俺が肝試しでお漏らしをしたとき隠蔽工作をしてくれたのも桃子さんだった。

――基くん、大丈夫だよ。こんなのパンツ替えたら終わりなんだから。

恥ずかしさで泣きじゃくる俺を元気づけ、兄に家からこっそり俺の着替えを取ってくるように言いつけ、お漏らししたパンツとズボンは桃子さんが屋上で洗ってくれた。兄はシーツをかぶっておろおろしているだけだった。基、ごめんなと謝る情けない顔を思い出した。

すとーんと気が楽になっていく。お漏らしのパンツを洗ってくれた人の前で、どれだけ恰好をつけようが無駄である。そもそも今の俺には張る見栄すらないのだった。

「俺、うつで仕事辞めてこっちに帰ってきてるんですよね」

気が抜けたせいか、ぽろりとこぼれてしまった。桃子さんは驚かなかったし、理由も訊いてこない。メンタルクリニックで再会したのだから想像はついていたんだろう。

「今年で三十三歳だし、東京に彼女待たせてるし、すげえ焦るっていうか」

俺は中身のなくなった菓子の袋をもてあそびながら話す。

「ちょっと前から減薬入ってるけど、とにかく病気治して仕事早く決めたいんですよ。一年なんてあっという間だし、仕事の技術もどんどん進歩して、今も置いてかれてると思うと――」

　一言洩らしたら、もう愚痴と不安が止まらなくなった。地元に戻ってきてから誰かに気持ちを打ち明けたのは初めてだ。親にも彼女にも心配をかけたくない。友人にはプライドが邪魔をして言えない。自分の中にたまっていたものを、桃子さんは黙って聞いてくれている。

　そのうちバスがやってきて、俺たちは乗り込んだ。

「すみません、いきなりぶっちゃけちゃって」

　ふたりがけの窮屈なシートに座り、俺は急に恥ずかしくなって謝った。

「気にしないで。でも基くんは変わらないのね」

「え？」

「昔からすごく真面目だったもの」

「真面目？　俺が？」

　自分はむしろやんちゃだと言われてきた。桃子さんはふふっと笑う。

「大きくなってからは知らないけど、わたしが知ってる基くんは、いつも坂口くんのあとをついて、坂口くんの真似ばかりしてた。坂口くんがサッカーしたらサッカーやりたがって、絶対お兄ちゃんみたいにやるんだって公園で遅くまでドリブルの練習して、夕飯の時間になっても帰らないから、みんなで心配して捜し回ったこと覚えてる」

「ああ、そんなこともあったかな」

「坂口くんが読んだ本は自分も読みたがったし、まだ習ってない字は一生懸命辞書を引いてた。わたしすごいなと思って見てたのよ。基くんは根がすごく真面目なんだと思う」

「そうかな。自分じゃよくわからないけど」

大きくて強くて優しかった兄は俺の自慢だった。兄のようになりたくて、なんでも真似をしたがった。兄が死んだあとも、俺はずっと兄の真似をしてきたように思う。太陽みたいだった兄のようにスポーツに打ち込み、兄の代わりに元気に明るく

――今は無職の実家暮らしだが。

「いや、やっぱり俺は真面目じゃないですよ」

兄ならまず、うつになどならなかっただろう。

「そうかしら。しんどいのに早く仕事したいと思うなんて、すごく真面目だと思うけど」

「だって三十三歳で無職なんて社会的死と同じでしょう」

「わたしは宝くじが当たったら、社会的死を受け入れるつもりだけど」

「宝くじ？」

急に話が飛んだ。

「当たったらなにをしようかなって妄想するのが楽しみなの」

桃子さんはうきうきと視線を宙に辿らせた。

「だって働くのってしんどいじゃない。週に五日、下手したら六日。読みたい本も観たい映画も行きたい場所もたまっていく一方。労働の喜びは感じるけど、たいがい早く帰りたいなあって思ってる。今のクリニックはこぢんまりしてるからそんなことないけど、前の病院はスタッフが多いから人間関係も大変だったの」

事務というだけで新人のドクターからも下に見られ、仕事はきちんとやっているのに、結婚できない寂しい人という視線をしばしば向けられる。誰かがミスをすると男性上司から叱り役を押しつけられる。最大限気を遣って叱っても、贔屓だ更年期だと煙たがられる。

「子供を産んでいないから、政治家から役立たず扱いされるってオマケもたまについてくるわ。ちゃんと税金を納めてるのにね。こんな中で生きてるだけでわたし偉いなあって思う」

「おつかれさまです」

「うん、だから限界がくる前にちょこちょこ吐き出すことにしてる」

桃子さんはモヤモヤがたまると屋上神社へ行き、腹が立ったことを形代に書いてお祓い箱に入れて縁を切ってもらうそうだ。気休めに近いけれど、少しはすっきりすると言う。

「爆発しないように自分で自分の機嫌を取って、次の日もなんとか仕事に励むわけ。でもパソコンのキー叩きながら宝くじでも当たらないかな、そしたら絶対仕事辞めるのにって考えてる。特に病気もしてない元気な人間がよ？　それに比べて基くんは勤労意識が高い。早く病気を治して働いて税金を納めようってんだから国民の鑑よ。くそ真面目よ」

最後にくそまでつけられ、褒められているのか貶されているのかわからなくなった。

「ごめんなさい。くそはないわよね。話してるうちに興奮しちゃった」

桃子さんは恥ずかしそうにうつむき、俺は思わず笑った。

誰かともっと話したいと思ったのは久しぶりだ。

この人の前では取り繕う必要がなく、一緒にいて気が楽だ。子供のころはモテる兄がなぜ桃子さんとつきあっているのか謎だったが、我が兄ながら見る目があったのかもしれない。

電車に乗り換えたあと、もう少し話していたくて桃子さんが降りる駅で一緒に降り、マンションまで送っていった。ここにくるのは子供のころ以来だ。

「へえ、古いのに管理いいなあ」

「わかるの？」

「外壁は二年以内に塗り替えられてる。ヒビも修復されてて植栽も整えられてる」

脱落したとはいえ元ゼネコン勤めなので、建物は外観を見ただけでおおまかな管理具合がわかる。桃子さんは自分を褒められたようににこにこしている。

「縁切りさんにも寄っていく？」

問われ、このマンションには近づくなという母親の言葉を思い出した。禁を破ってしまったことをわずかに後ろめたく思い、また今度にしておくと断った。

「桃子さん、こんにちはー」

声が響き、振り返ると親子連れが立っていた。

「百音ちゃん、こんにちは。お買い物？」

百音ちゃんと呼ばれた女の子の後ろには、神経質そうな男とチャラそうな男前が立っている。ふたりはスーパーの袋を提げている。どちらがお父さんだろう。

「基くん、こっち統理くんよ。国見のおじさんのところの息子さん」

「え？　宮司さんとこの？」

神経質そうな男の正体は、昔たまに遊んでもらったお兄さんだった。

「統理くんも覚えてる？　昔ここに住んでた基くん」

「覚えてるよ。坂口さんのところの下の息子さんだ。大きくなったね」

「はあ、統理さんも」

お互い三十代で「大きくなった」はないだろう。表情に乏しくて子供のときは冷たい印象の人だったけれど、今も特に変わっていないようだ。

「坂口くん？」

統理さんの隣で、百音ちゃんが首をかしげた。自分が呼ばれたのかと思ったが、百音ちゃんの目は桃子さんを見ている。桃子さんは笑顔でうなずいた。

「今日は坂口くんの命日だったの。お墓参りに行ったら弟さんに偶然会っちゃって」

「坂口くんの弟？」

百音ちゃんが俺の顔をまじまじと見る。なんだろう。この子の年齢からして兄とは面識がないはずだ。そうだよと戸惑いながら答えると、百音ちゃんはにっこりと笑った。

「弟がこれなら、お兄さんもカッコよかったんだろうなあ」

「これ？」

「百音、失礼な言い方はやめなさい」

統理さんがたしなめ、桃子さんは顔を赤くし、隣のチャラい男前は噴き出した。

なかなか暮れない夏空の下を、俺はぶらぶらと駅へと引き返した。地元に戻ってから人との接触を断っていたので、今日は久しぶりにまともな会話をしたように感じる。

心地よい疲労感をつれて歩いていると、懐かしい菓子店が目についた。和菓子と洋菓子を一緒に作っている変わった店で、向かって右側が和菓子、左側が洋菓子の売り場になっている。子供のころ、我が家では誕生日ケーキはここと決まっていた。

「懐かしいわあ。ここのケーキもずいぶん食べてなかったから」

夕飯のあと、買ってきたケーキを両親と食べた。

「そうそう、この味この味」

「俺もここのシュークリームだけは不思議と食えるんだよなあ」

甘いものが苦手な父親が、大口を開けてかぶりついている。クリームついてると母親がティッシュを引き抜いて渡す。嬉しそうな様子に買ってきてよかったと思った。

「でも急にどうしたの」

母親が訊いてくる。

「別に、なんとなく。墓参りで兄貴のこと思い出したから」

「ああ、あの子もここのケーキ好きだったものね」

母親は仏間（ぶつま）に目をやった。そこにはすでにチーズケーキが上げられている。俺は縁切りマンションに行ったことがバレないよう急いでケーキをほおばり——首をかしげた。

「ここ、こんな味だった？」

「なにかおかしい？」

「いや、なんか、もっとおいしかった気がするんだけど」

そう言うと、そりゃそうよと母親が笑った。

「長いこと東京にいて、おいしいものに口が慣れちゃったのね」

言われてみれば、スイーツ好きの真由につきあって東京の有名店はひととおり体験した。それらとは比べものにならない薄っぺらい味になんだか複雑な気持ちになった。

「子供のころは、誕生日やクリスマスにここのケーキ食うのが楽しみだったのになあ」

「大人になって世界が広がったんだ。いいことじゃないか」

「そうそう。でも多分また食べたくなるわよ」

母親が言い、そうだろうと俺も思った。大人になるにつれ、感覚には思い出という付加価値がつく。どれだけうまい味を知っても、母親の料理にほっとするのはそのせいだ。

風呂から上がると、珍しく両親が居間で話し込んでいた。夜はいつも母親は台所のテレビでドラマや料理番組を観て、父親は居間のテレビで野球を観る。うちの親は仲がいいほうだが、結婚して何十年も経つと特に話すことなんてないのだと以前に母親が言っていた。

「基がおみやげ買ってきてくれるなんてねえ」

「こっち戻ってきてから初めてだな。創の墓参りも行ってくれて」

「だんだん元気になってきてるのかしら」

「口に出すなよ。プレッシャーが駄目なんだからな」

「わかってるわよ。お父さんだって血圧高いのにシュークリームまるごと食べちゃって」

「うるさく言うな。せっかく基が買ってきてくれたんだ」

俺は足音を立てないよう二階へ上がった。ベッドに腰を下ろし、なんとなくドライヤーを手に取った。うつになってからすべてのことが面倒になった。髪を乾かすこと、歯を磨くこと、髭を剃ること、それをしてどうなるんだという気持ちになり、それはすべてに派生していった。

一番ひどかったときは、息をすることすら煩わしかった。けれど今夜、俺はドライヤーを手に取った。ずっと使っていなかったので埃をかぶっているが構わない。吹き出る温風で乱暴に髪をかき混ぜながら、両親のことを考えた。

事前におおまかな説明をしていたせいか、瘦せ衰えた俺が帰ってきたとき、両親は俺に病気のことも仕事のことも訊いてこなかった。親として気になるだろうに、一度もだ。

——ずいぶん気を揉んだんだろうな。

いつもさりげなく接してくるので意識しないが、俺はすごく心配され、大事にされている。それすら重いと感じ、親の愛情にすら気づかないふりをしていたのだ。俺の心はどんな負荷にも耐えられなくなっていた。けれど今、素直に感謝している自分に困惑している。

俺は、以前の俺に戻ろうとしている。

閉めっぱなしだったカーテンを開けると、月が出ているのが見えた。明るい夜だ。乾いた髪に軽くムースをつけて整えた。そのムースの缶にも埃が積もっている。東京で買った気に入りのブランドのTシャツとハーフパンツに着替え、俺は階段を下りていった。

「ちょっと出てくる」

居間に顔を出すと、ふたりがこちらを見た。

「え、なに？　出てくるってどこに？」

「適当にぶらぶらしてくる」

「もう夜遅いわよ」

母親が立ち上がろうとしたが、

「いい年の男なんだ。構ってやるな」

父親が言い、母親は俺と父親を交互に見たあと座り直した。

「それもそうね。いってらっしゃい」

心配を顔に出さないようにしている母親に、いってきますと告げて家を出た。むわりと湿った熱い空気が肌にまとわりつく。熱帯夜だ。噴き出る汗がいい気分で、久々に酒が飲みたくなった。うつによくないので控えていたが、俺は元々よく飲むほうだ。

最先端の技術を扱いながら、建築業界は一歩中に入れば体育会系の古い男社会だ。目上から酒を勧められて断るという選択肢はなく、また上の世代は部下に飲ませたがる。新人のころ接待にかり出されてはくだらない芸をさせられ、おもしろ半分に酔い潰された。これも新人の仕事だから耐えろよと先輩に背中をさすられながら、トイレで吐きまくった。

あれは地獄だったなあと夜空を見上げた。

——でも俺はまた、あの仕事に戻るんだろう？

いい気分がしぼみそうになり、慌てて考えるのをやめた。ハーフパンツのポケットに片手を突っ込んで夜の街を駅へと歩いていく。適当に居酒屋でも入ろうと思っていたが、やたらと目立つおしゃれな屋台を見つけた。庇から小さな白熱球がいくつも垂らされた白いペイント車。立ち飲みスタイルで、客はせまいカウンターに肘をついてビールやカクテルを飲んでおり、横に張られた砂漠の遊牧民を思わせる小さなテントの中にも客がいる。

どれどれと近づくと、車内にいるスタッフと目が合った。

「あれ、坂口くんの弟さん？」

縁切りマンションの前で会ったチャラい男前だった。

「あ、えっと、路有さん？」

「そうそう。一日で二度も会うなんて偶然。ここ俺の店。よかったら飲んでってよ」

半端な知人と世間話をするのは億劫だったが、じゃあ一杯だけとビールを頼んだ。

久しぶりのアルコールは急速に全身を巡り、すぐ移動するつもりが二杯目を頼んでしまった。

「地元にこんなしゃれたバーがあったなんて知らなかった。いつからやってるんですか？」

「三年前くらいかな。けどこの場所はたまたま。いつもあちこち回ってるから」

「へえ、自由でいいけど常連がつかなそうですね」

「それがその場所その場所で意外につくんだよ。いつも出てるわけじゃないから、見かけると寄ってくれるみたい。いつでも行けると思うと人って後回しにするしね」

言えている。身近なものほど慣れてぞんざいに扱ってしまうのだ。

「たまに越境して、ぶらぶら営業しながら全国回ったりもするよ」

「いいなあ。そういうの」

上司や取引先に気を遣うこともなく、一国一城の主として自由に暮らす。

「そんなことは独身だからできるんだよ」

隣で飲んでいた客がふいに言った。

「嫁さんや子供持ったら、なかなかそう身軽にはいかないだろ」

「そりゃそうですね」

俺があいづちを打つと、既婚者っぽいその客は愚痴りはじめた。嫁とふたり暮らしのうちはともかく、子供が生まれたら生活は一変する。残業して帰ると嫁は子供とすでに寝ていて、起こさないよう静かに飯を温めて食べ、朝は出勤ついでにゴミ出しを義務づけられ、それで小遣いは三万円。足りないと抗議したらお弁当を作ってあげようかと提案された。

「いいじゃないですか、愛妻弁当」

「やだよ。つきあいってもんがあるんだから、自分だけせこせこ弁当なんか食えるはずないだろう。なのに会社に女がいるんじゃないでしょうねって疑われて、アホか、小遣い三万でそんな余裕がどこにあるんだって言ってやったよ。ほんと嫁ってやつは」

「じゃあ離婚してひとりに戻れば？」

路有さんがあっさり言うと、馬鹿言うなと客は即答した。

「ほらな。ぶつぶつ言ってても、結局は好きで一緒にいるんだろ」

そうだけどさと客はグラスを飲み干し、おかわりとカウンターに置いた。

「路有くんみたいに一生結婚と縁のない人にはわからないよ」

「なによお、その言い方。結婚はできないけど彼氏はいるんだからね」

路有さんがふざけたオネエ言葉で身をよじる。どうやら路有さんはゲイらしい。仕事柄もあるのだろうが、こんな田舎でオープンゲイは珍しい。

「だいたいね、ゲイはゲイでしんどいんだよ？」

路有さんが新しいカクテルを作って客の前に置く。

「男相手に初恋した中学生のときからずっと崖っぷち人生で、二度と家の敷居をまたいでくれるなって親に泣かれるわ、薬、入水（じゅすい）、飛び降り、ガス、雪山、どれが楽か真剣に調べたよ」

「あー、俺も調べた」

　手を挙げると、ふたりがこちらを見た。

「基くんもゲイ？」

「俺はストレート。けどうつで無職になったから」

「あー、うつねえ、うつ、あれは厄介だよね」

　ふたりがしょっぱい顔でうなずく。その軽い反応が心地よかった。アルコールも回って口も滑りやすくなり、俺は冗談交じりに病気のことや仕事のことを話していた。路有さんたちにもうつにかかった友人がいるそうだ。途中、テントから注文に出てきた女の子も交じってきた。

「あたしもうつで二、三ヶ月病院通った。あれほんとしんどい。死んだほうがマシだった」

「甘い甘い。俺の友達なんか大学時代から十年以上引きこもってるよ」

「それは親もつらいね」

　偶然同じ場所に集っただけの相手と、なんの責任もない会話を交わす。屋台の庇から吊された白熱球が、酔いのせいでぼやぼやとふくらんで見える。懐しい楽しさを味わっていると、ポケットの中で携帯が震えた。真由からだ。いい気分のまま電話に出た。

『もしもし、わたし。ごめん、もう寝てた？』

「いや、起きてるよ。それよりこんな時間まで仕事だったのか」

もう夜中に近く、真由の声には隠しきれない疲労が滲（にじ）んでいた。

『サマーセール中だからね。この時期のアパレルは戦争だよ』

自分が今いる季節も夏なのに、サマーセールという言葉を遠く感じた。

「ちょっとー、誰と話してるんですかー。うつのお兄さーん」

後ろで酔った女の子が大きな声を出し、客たちの笑い声が重なった。

『基くん、今どこにいるの？』

「あ、近所でちょっと」

とっさにごまかしたが、酒席のざわめきはどうしても伝わってしまう。

『お酒、飲んでるの？』

後ろめたさから返事が遅れた。

『……信じられない』

「いや、でも今日いろいろあって」

兄の命日であること、墓参りで兄の恋人の桃子さんと会ったこと、昔住んでいたマンションを訪ねたこと、久しぶりに気分が上向いていることを伝えようとしたのだが、

『わたしがこんなに心配してるのに』

その一言で、ずしんと心が重くなった。

『うつにお酒がよくないこと知ってるよね？』

「わかってる」

『わかってるなら、なんでバーなんかにいるの？』

「ごめん」

『女の子もいるんだね』

「たまたま隣り合っただけだよ」

『……基くん、将来のことちゃんと考えてる？』

重い鉛をくくりつけられて、ずぶずぶと足下が沈んでいくような気がした。

自分の将来なのだ。真剣に考えているに決まってる。焦っているし、もがいているし、いつも不安だ。だからこそ病気を治すことに専念している。そうして蓄えた余力はすべて社会復帰のために注ぐべきだ。酒なんか飲んでいい気分になっている場合じゃない。俺はわかっているし、真由は正しい。けれど――。

『わたしだって東京で楽しいことばっかりじゃないよ。忙しいから課長は機嫌悪いし、うちの通販部門は成績上がってるのに店舗に足引っ張られてボーナスは逆に下がったし、残業ばっか続いてしんどいし、たまには愚痴言いたいけど基くんの負担になっちゃいけないと思って我慢して、励ましすぎてもいけないから言いたいことも言わないようにして……』

真由は黙り込み、しばらくするとしゃくり上げる声が聞こえた。

「ごめん、真由がんばってくれてるのはわかってるから」

『わかってない。わたしの気持ちなんて、基くんはなんにもわかってないよ』

ぷつりと通話が切れた。かけ直したがつながらず、五回目であきらめた。

「お兄さん、ごめん。わたしヤバいことした？　今の彼女でしょ？」

酔いが醒めた顔で女の子が謝ってくる。みんなが自分を心配そうに見ている。またいつもの薄暗い場所に引き戻されていく気がした。おまえがいるべき場所はこちらなのだと。

「いや、大丈夫。こっちこそごめん、しらけさせて」

路有さんに会計を頼み、「お兄さん、ごめんねー」と何度も謝る女の子に手を振った。

帰り道、足下がふらついた。頭には霞がかかったようだった。ビールとカクテルを二、三杯しか飲んでいないのに、笑ってしまうほどアルコールに弱くなった。

両親を起こさないよう、静かに二階に上がった。すぐにベッドに入り、目を閉じても意識が冴えている。眠りたい。早く眠って自分を手放してしまいたい。じりじりする中、真由の泣き声が聞こえてびくりと目を開ける。夢だったとわかり、自分が眠っていたことに気づく。けれど時計は三十分も進んでいない。カーテンの向こうがうっすら明るくなってきたころ、玩具（おもちゃ）が壊れるように俺はようやく深く眠った。

俺は、なにに、これほど怯えているんだろう。

仕事。恋人。将来。不安は数多ある。けれどそれらには明確な答えが出ている。とにかくうつを治す。それがすべてだ。薬は効いている。減薬もうまくいっている。大丈夫だ。余計なことを考えるのが一番いけない。すべてわかっているのに、なぜ考えてしまうんだろう。

――わかってるなら、なんでバーなんかにいるの？

まったくだ。なぜだ。なぜだ。なぜ――真由の問いに自身の問いが重なって、螺旋（らせん）状（じょう）に落ちていく。ねじれながら落ちていく。これはやばい。やばい。やばい。

目覚めると、嫌な汗で顔や首筋がぬるぬると濡れていた。

午後三時を指す時計の針を見た瞬間、死にたくなった。なにもせず、今日という日が半分終わってしまった。俺はなにをしているんだろう。無駄に飯だけ食って生きている。こめかみが疼く。全身がだるい。汗で湿ったシーツが気持ち悪い。なのに起き上がる気力がない。

真由から連絡がきているだろうか。謝りのメールを送りたい。そう思うのに携帯電話にさわれない。外の世界とつながることは恐怖でしかない。うつのひどかったときに逆戻りしたかのようだ。暑いのにシーツを巻きつけて丸まり、尿意に抗えず夕方になって一階に下りた。

「おはよう、よく寝たわねえ」

台所で庖丁を使いながら母親が声をかけてくる。

「夕飯、カレーでいい？」

「……いらない」

母親がこちらを見た。わずかな間のあと、何事もなかったかのようにまた庖丁を使い出す。

「じゃあ素麺(そうめん)でも茹でようか。あっさりしてるし食べられるんじゃない？」

「いい。腹減ってない」

「そう、じゃあ食べたくなったら言いなさい」

洗面所に行くと、鏡越し、憔悴(しょうすい)している自分と目が合った。久々に夜遊びに出かけた翌日がこれだ。わかりやすすぎる。けれど母親はなにも訊いてこなかった。トイレをすませ、逃げるように自室に戻った。少し元気になったからといって、急に動くと揺り返しがくる。医者から注意を受けていたのに、俺は馬鹿なのか。もう二度と酒など飲むものか。

そっとしておいてくれた母親に申し訳なかった。機嫌よく土産を買ってきたと思えば、調子に乗って外出して落ち込んで引きこもる。三十三にもなって恥ずかしい。みっともない。兄の代わりに自分が死ねばよかったのだ。一旦落ちると、思考が負へ負へ向かっていく。

助けを求めるように伸ばした手の先には、指先ほどに小さな白い薬しかない。

数日後、落ち込みからなんとか這(は)い上がった。

何度も真由に謝りのメールを送り、今朝になってようやく短い返事がきた。

『もういいよ。基くんは早くよくなることだけ考えて』

安堵し、心から申し訳なく思った。気遣われることが重いだなんてどの口が言うのか。心配して待つしかない身のつらさは親を見てもわかるだろう。病気の彼氏がバーで酒を飲んでいたら、そりゃあ腹も立つだろう。自分ならもう見捨てる。

「あらあ、久しぶりにさっぱりしたわね」

髭も剃って髪をセットして出てきた俺に、母親がほっとしたように声をかけてくる。

「ちょっと東京行ってくる」

「ひとりで?」

「うん、泊まりになるかもしれないから夕飯はいらない」

「でもそんないきなり……」

母親がおろおろと居間の父親へと目を向ける。

居間で将棋番組を観ていた父親が言った。

「いいじゃないか。たまには発散してこい」

母親が非難の目を向けるが、父親は気づかないふりをしている。母親はむっとし、しかしあきらめたように、気をつけてねと俺に言った。

玄関でローファーを履きながら、昨日から用意していたスーツ用のウィングチップを恨めしい気持ちで見た。今朝、一年ぶりにネクタイを締めてスーツに袖を通した俺は、あまりにちぐはぐな印象に愕然とした。緊張感のない生活は、俺から『社会人らしさ』をも奪っていた。しかたないので、せめてきちんと見えるカジュアルに変更して家を出た。

駅へと向かいながら、真由へのプロポーズの言葉を考える。

完治してからと思っていたが、もう体裁を構っていられない。忌々しい病気のせいで自分だけでなく、真由の人生設計まで狂わせている。これ以上待たせておくことはできない。治療は順調なのだから年内、遅くても来年の春までには完治するだろう。絶対にしてみせる。考える時間がありすぎるからよくないのだ。まず予定を立て、そこに向かって動くのだ。

——馬鹿野郎、工期はもう決まってんだよ！

——間に合うように動けよ！

——それが仕事だろうが！

昔の自分の怒鳴り声が、今の俺の背中を突き飛ばす。どんどん鼓動が速くなり、エアコンの効いた電車内でじわりと汗がにじんだ。以前に住んでいた縁切りマンションの最寄り駅で一旦電車を降り、あの菓子店に向かった。

——大人になって世界が広がったんだ。いいことじゃないか。

——そうそう。でも多分また食べたくなるわよ。

父の好きなシュークリームと母の好きなショートケーキを買う。東京には有名な店が腐るほどある。しかしどうしても、自分の地元の思い出の菓子を真由に食べてほしかった。

スイーツにうるさい真由の口には合わないだろう。おいしくないよなと俺が訊き、苦笑いを浮かべる真由を想像する。そういう記憶の共有が俺たちをつないでいく。両親のように向かい合って、特においしくないケーキを懐かしいわねえと言い合いながら食べるような、そんな夫婦に俺たちはなれるだろうか。

——男ってどうしてこうロマンティストなのかしらね。

母親のあきれた顔を思い出したときには、俺はすっかり落ち着いていた。

久しぶりの東京駅でも、うろたえずに動くことができた。

出張で飽きるほど使った構内を東京人の顔をして歩き、地下鉄に乗って真由の部屋を目指す。今日は休日だが、突然なので留守かもしれない。構わない、帰るまで待つ。ロマンティックの欠片もないうつの彼氏だ。せめてプロポーズくらいサプライズでやりたい。

チャイムを鳴らすと、幸運にもインターホン越しに真由はすぐに出た。

「真由、俺」

『基くん?』

「いきなりきてごめん。どうしても直接話したいことがあって」

『……あ、ちょっと待って』

通話が切れ、ドアが開くまで少し待たされた。部屋をかたづけているのだろうか。

「待たせてごめんなさい」

玄関が開き、真由が顔を見せた。爽やかな白のサマーニットにスキニージーンズ。少し髪が伸びたようだ。戸惑うように俺を見る大きな目に、一気に気持ちが盛り上がった。

「急にきて悪かった。顔を見て話したいことがあって」

一歩中に入り、玄関に女物の靴が何足も並んでいるのに気づいた。

「ごめん。友達がきてるの。三奈（みな）たち」

俺も知っている真由の大学時代の友達だった。女子会中とは想定しておらず、カフェかどこかで待っていようかと思ったが、奥から「坂口さーん」と陽気な声で呼ばれた。

リビングに入ると、「おひさしぶりでーす」と一斉に挨拶された。いきなり視界が華やかになり、俺はまばたきをした。淡いパープル、ピンク、オレンジ。真由の友人はおしゃれな子が多い。テーブルには彩りの綺麗な料理とワインのボトルが並んでいる。

「せっかく楽しんでたのにごめん。お邪魔します」

「ほんともう、急にくるんだから。みんな、ほんとごめんね」

俺の言葉に被せるように真由が言う。

「気にしないで。あ、坂口さん、ここどうぞ」

「なに飲みます？　わたしたちスパークリングワイン飲んでるんですけど」

「基くんはソフトドリンクがいいよ。ジュースとお茶どっちがいい？」

真由が言い、ああ、そうかという顔をみんながした。学生時代からの仲良しグループなのだから俺の病気も知っているのだろう。仕事を辞めて無職だということも――。情けない気持ちを隠し、俺はどうもどうもと愛想笑いをしながら腰を下ろした。

烏龍茶(ウーロンチャ)で乾杯し、なにを話そうと考える間もなく女の子たちが話し出す。最近観た映画やテレビ番組、時事ニュース、気候がおかしいからなにを着ていいのかわからないというファッションの愚痴。あたりさわりない話題ばかりで、だんだんと居たたまれなくなってきた。

仕事の話や、自分たちの彼氏の話は一切しない。

笑顔を保ちながら、しっかりと俺を気遣ってくれているのがわかる。

彼女たちが首を振るたび、耳元のピアスが光る。グラスを持つ指先は華やかなネイルに彩られている。テーブルには木製のカッティングボードに盛られたシャルキュトリとバゲット、塩漬けのオリーブ、淡いピンクオレンジのスパークリングワイン。おしゃれで気遣いができて機転も利く。東京の女という感じだ。俺はこういう女たちが好きだったはずなのに。

　――やっぱり予定を訊いてからくればよかった。

　さりげなくトイレへ逃げると、洗面所の棚に黒いT字カミソリがあった。真由はそういう処理はエステに行っているし、ホームエステの機器もそろえている。それはどう見てもコンビニエンスストアなどで売っているカミソリだった。間に合わせで買ったような――。

　リビングに戻ると、俺が持ってきたケーキの箱が開封されていた。

「おかえり。ケーキ開けちゃったよ」

　真由が言い、小皿にシュークリームとショートケーキをそれぞれ切り分けて置く。

「これどこのケーキ？　見慣れないけど新しいお店かな」

「うちの地元に昔からある店なんだ」

　ご当地グルメだーと女の子たちがはしゃいだ声を上げる。いただきまーすとみんながショートケーキにフォークを刺す。口に運んだあと、微妙な間が生まれた。

「うん、懐かしい味だね」

「変に凝ってなくて素朴だよね。ほっとする感じ」

　おいしいという言葉はない。みんな笑顔で食べてくれているが、もうひとつのシュークリームには誰も手をつけない。俺はこれ以上なく惨めな気持ちになった。

デザートを食べてしまうと、彼女たちは帰り支度をはじめた。こっちの都合でごめんねと謝る真由に、いいのいいの、また今度ねと返し、俺にも会釈をして帰っていった。

友人たちが帰ってしまうと、真由からふっと笑顔が消えた。

「くるならくるって、一言連絡してほしかった」

真由は残っているシュークリームに目を向けた。

「こっちにいくらでもおいしいお店あるのに」

その言い方にむっとした。俺だっておいしくないと思っていたし、そのおいしくなさも含めて真由とふたりで笑いたかったのだ。

「洗面所にカミソリ置いてあったぞ。男物」

見ないふりをしようと思っていたが、つい口からこぼれてしまった。真由が動揺したように視線を揺らし、今度は俺が溜息をつく羽目になった。

「言いたいことはいっぱいあるけど、いいよ。おまえも寂しかったんだろうし」

以前なら到底許せなかった。しかし今は一方的に待たせているという弱みがある。

「それは、わたしを許すってこと?」

真由がぼそりと問う。俺は黙り込んだ。本当は怒っているし許したくない。けれどそれ以上に真由を失いたくない。真由まで失ったら、俺にはもうなにも残らない。

「なんで怒らないの？」

真由がのろのろと俺を見る。怒りをこらえているような顔が意外だった。

「怒ればいいのに。前の基くんなら絶対に怒ってたよね。なんで今は許すの。今は病気で、会社も辞めて、実家に戻って、わたし以外に縋るものがなにもないから？」

痛いところを突かれてかっとした。

「待てよ。なんでおまえが怒ってるんだよ。浮気されたのは俺だぞ」

「うん。わたしが悪いね。ごめんなさい」

「開き直るなよ」

「だって基くんが言えないなら、もうわたしが言うしかないでしょう」

「なにを」

息が浅く苦しくなっていく。ここにいたくない。もう帰りたい。無意識にシャツの裾をにぎりしめた。俺の子供じみた仕草から、真由はさりげなく目を逸らした。

「わたし、基くんと別れたい。もうこれ以上続けられない」

真由は立ち上がり、テーブルのかたづけをはじめた。

「浮気相手のほうが好きになったのか？」

「そうじゃないよ」

「でも寝たんだろう。泊まっていったから、あんなもんが洗面所にあるんだよな」

「寝たからなに？　寝たら好きってことなの？」

甘い菓子みたいな真由から、そんな辛辣な言葉が出るとは思わなかった。

「そうか。問題は相手じゃなくて俺か。うつで無職の彼氏なんかそりゃあ嫌だよな」

真由は汚れた皿をどんどん盆に積み上げていく。

——やだ、ぐらぐらするー。

以前はしゃいでいた様子とまったく違う。積んだ皿を揺らすことなく、きびきびとキッチンへ運んでいく。よどみない動作。進行方向をしっかり見据える横顔。職場での真由はこんな感じなんだろうとふと思った。当たり前だ。仕事をしている三十歳の社会人なのだ。

「俺と違って相手の男は元気なんだろうな。けど俺だってずっとばりばり働いてた。それがいきなりおかしくなったんだ。気づかないうちにこうなっちまったんだよ。その男だって、いつそうなるかわからないぞ。そういう世の中だろう」

自分でもなにを言っているのかわからない。責めているのか言い訳なのか脅しなのか。

「知ってる。うちの職場でも何人もうつで辞めてるし休職中の子もいる。対処もわかってる。励まさない、慰めすぎない、負担になるようなことは言わない、自分の愚痴も禁止」

水道のレバーをひねり、真由はハート型のスポンジに洗剤をつけて泡立てる。

「それでわたし、いつまでそれを続ければいい？」

真由は皿を洗い出す。

「それは……悪いと思ってる。ずっと甘えてて」

「そうだね」

俺は傷ついた。いいんだよ、そんなことないよといたわられることに慣れていたのだ。

「基くんがうつになったのは基くんのせいじゃないし、わたしは基くんがうつになったことを責めてるんじゃない。早くよくなってほしくて、わたしなりにがんばってきた」

「それはわかってる。悪いと――」

「最近、疲れやすくなっちゃって」

遮るように真由が言った。

「それでこないだ病院行ってきたの。そしたら安定剤を出された」

「え？」

「すごく怖かった」

言葉とは裏腹に、真由は力強い手つきで皿を洗っていく。

「反射的に基くんを思い出した。仕事もできなくなって、無職で田舎に帰ることになるのかなって思って怖くなったの。ひどいよね。彼女なのに、わたし、基くんみたいになりたくないって思ったんだよ。そんなふうに思った自分も怖くなって、基くんの声がすごく聞きたくて、でもこんなこと言えないし、もう誰でもいいから自分より強い人に頼りたくなった」

「……真由」

「わたし、もう不安なこと聞きたくないの。でも基くんと別れたら病気の人を見捨てたことになるよね。調子のいいときは綺麗事言って、しんどくなると無責任に放り出すなんてひどいよね。だからしんどくても基くんに電話し続けた。でも電話切ったあとはいつもうんざりしてた。そんな自分がもう嫌なの。わたしってなんて冷たい人間なんだろうって自己嫌悪で眠れなくなるのよ」

だんだんと涙声になっていく。しかし真由の手はしっかりと皿を洗い続けている。心と身体を切り離して動かしている。ああ、そうか。真由はずっとこんなふうにがんばってきたのか。

「だから、ごめん。謝るのはわたしのほうなんだよ。わたし、もう基くんを支えてあげられなくなった。無責任でごめんなさい。本当にごめんなさい。もう別れてください」

しゃくり上げながら皿を洗う恋人に、かけられる言葉はなにもなかった。

それでも、やっぱり俺は真由が好きだった。

なのにできることといえば、すっぱり別れてやることしかなかった。

なんだこれは。俺がなにか悪いことでもしたのか。

ただ真面目に仕事をしてきただけじゃないか。

親が死んでも工期に間に合わせろという上司の無茶ぶりに応え、いいかげんな計算書を使い物になるように組み立て直し、泣きついてくる下請けをさばき、接待で裸踊りだってした。ひどいパワハラやセクハラが横行し、代償として給料と社会的ポジションはいい。

「そりゃあ、ひどい目に遭ったよなあ」

濁った視界の向こうで誰かがうなずく。

ここはどこだ。この人は誰だ。ああ、路有さんか。路有さんだ。

ドがつくほどへこんで地元に帰ってきた俺は、もう二度と飲まないと誓った酒を飲みたくて繁華街をうろついた。どの店も入り口から灯りや笑い声が洩れてくる。賑やかで明るい場所に入っていけず、暗い裏通りへと回った。働かないヒモ亭主と二十年くらい連れ添っている厚化粧のママがやってるさびれたスナックでもないか

と歩いていると、

——基くん。

ふいに声をかけられた。いつの間にこんなところへきてしまったのか。人通りなんてほとんどない駅裏の用水路沿い、真っ暗な道の端にぽつんと淡い灯りが浮かんでいた。

——路有さん、なんでこんなとこで？

——そういう気分だったから。

にこりと路有さんが笑う。電源がないのでキャンプに使う無骨なカンテラで営業をしている。吹けば飛ぶような灯りがオアシスに思えた。寄っていくかと問われ、

——じゃあなにかストレートで。

——身体に悪いんじゃない。

——もう悪いからいいんだよ。とにかくきついの。

空きっ腹だったので望みどおりすぐに酔い、その勢いでくだを巻いた。

俺が悪かったのだ。心配されてありがたいと思う一方で、煩わしい気持ちもあり、病人だから心配されて当たり前だという考えすらあった。けれど真由は毎日働いて疲れていて、帰ってもうつの彼氏の心配じゃ愛も終わるよなあ。そりゃあ誰かに寄りかかりたくなるよなあ。新しい彼氏はどんな男だろう。とりあえず俺と違って健

康なのだろう。

「でもなあ、俺だってそうだったんだよ。元気に仕事してたんだ。それがいきなりぽっきりいったんだ。確かにしんどい職場だったけど、やる気も将来設計もあったのに」

「自分で思う以上に疲れてたんだよ」

路有さんが言う。

「基くん、さっき自分で言ってたろう。ひどいパワハラやセクハラがあったって。疲れてるって気づかないほど疲れてたんだよ。もう限界だったんだよ」

「いいや、俺はもっとがんばれたはずだ」

もう味もわからなくなった酒を飲み干した。

「昔からスポーツで鍛えてたし、サッカーだってラグビーだって、がんばったらなんだってそこそこできたんだ。まあサッカーは兄貴みたいにはできなかったけど」

「桃子さんの彼氏？」

「そう。兄貴は小・中・高、ずっとエースだった」

「すごいな」

「フォワードで、いつも試合でゴール決めてたよ。俺はボランチだった」

「それもすごい。ボランチって司令塔だろ？」

「俺はエースがよかった」

勝っても負けても豪快で、兄はいつも人の輪の中心にいた。俺はがんばってもそんなふうにはなれなくて、高校ではラグビーに転向した。似ているようで俺と兄は違う。

「いいじゃないか。お兄さんはお兄さん、基くんは基くん」

「けど祖父ちゃんとも約束したのに」

――創の分まで、おまえは元気で長生きしなくちゃいけないぞ。

あの日、泣いている親の姿を初めて見た。揺らがない存在である親の打ちひしがれた姿を見るのは怖くて、葬儀場の外に逃げ出した。チビだった俺の頭にのせられた祖父の乾いた手。

「なのにこのザマだよ。ほんとみっともない。働き盛りの三十三歳でリタイアして、還暦すぎた親にも心配かけて、気づかないうちに彼女に依存して負担かけて泣かせて」

「基くんは真面目すぎるよ」

「そんなこと言われたことない。昔からやんちゃだって言われてた」

「そう？　全然やんちゃには見えないけどね」

そうか。そうなのかな。俺はやんちゃだった兄の代わりになりたかったのかも。

「あー……死にたい」

「こらこら、なに言ってんの」

「兄貴の代わりに俺が死ねばよかったんだよ。そうしたらみんな幸せで——」

ぱちん、と思いも寄らぬ方向から頰をぶたれた。

見ると、隣に桃子さんがいた。

「……桃子さん、なんでここに」

「さっきからいたよ」

路有さんが笑う。俺がベロベロになりそうな気配を察して連絡をしてくれたらしい。桃子さんはひどく怒った顔で俺を見ている。

「桃子さん」

呼びかけると、ぱちん、ともう一度頰をぶたれた。

「死にたいなんて、二度と言わないで」

声が低い。本気で怒っていることが伝わってくる。

「……ごめん」

恋人に死なれた女の横で、俺はなんてことを言ったんだ。本当に駄目な男だ。俺はよろよろと後ろに下がり、膝からくずおれた。アスファルトに手を突き、すんませんしたっ、と地面に額がつくほど頭を下げた。きゃっと桃子さんが小さく叫ぶ。

「なにしてるの、やめて基くん、顔上げて」

桃子さんが俺の肩をつかむ。俺はぐっと下半身に力を込めて、すんません、すんませんとかたくなに土下座を続けた。やめてやめてと桃子さんは繰り返している。

「あらら―、こりゃ完全にベロベロだわ」

路有さんがおかしそうに笑っている。くそ、なにがおかしいんだ。くそ、くそ。


兄貴、頼りない弟ですんません。

父さん母さん、できの悪いほうが残ってすんません。

祖父ちゃん、約束果たせずすんません。

真由、しんどい思いさせてすんません。

桃子さん、無神経なこと言ってすんません。

路有さん、よくわかんないけどすんません。


気づくと、俺は道路に伏して大声で泣いていた。

「困ったわねえ。これじゃおうちに連れて帰れないわ」

俺の泣き声に交じって、桃子さんの溜息が聞こえる。

「うつって真面目な人ほど罹っちゃうんだよねえ。ほんと不公平だよ」

路有さんの声はのんびりしている。仕事柄酔っ払いの相手は慣れているんだろう。

「そうなのよ。基くんは昔から真面目な子だった。泣き虫だったし」

「期待に応え続けるなんてこと、誰にもできないのにな」

ふたりは泣いている俺をほったらかしで、しみじみと語り合っていた。


覚えのない場所で目が覚めた。ここはどこだ。考えた途端にこめかみが深く疼いた。仰向けのまま頭を抱えていると、うっすらと昨夜の出来事が蘇ってくる。

――死ぬなんて、二度と言わないで。

桃子さんの怒った顔が浮かぶ。ああ、俺はなんという醜態（しゅうたい）をさらしたのだろう。

「起きた？」

にゅっと路有さんの顔が視界に入ってきてびくっとした。

「え、あ、あの？」

「ここ、俺の部屋。すごい顔色悪いなあ。とりあえず水飲もうか」

「……すんません」

ミネラルウォーターのボトルを受け取ると、路有さんが笑いをこらえるような顔をした。その反応で昨日のすんません土下座まで思い出してしまい、またもや死にたくなった。

「なんか食える？　お粥かなんか作ろうか」

「いえ、大丈夫です」

「でもなにか腹に入れたほうがいいよ。昨日からなんも食ってないだろ」

なぜ知ってるんだと見上げると、

「胃液しか吐いてなかったから」

ははっと笑われ、ブラジルまで穴を掘りたい気分になった。どこで吐いたのだろう。屋台バーにトイレはない。道に吐いたのか？　それとも路有さんの部屋で？

「……トイレ貸してもらってもいいですか」

「どうぞ、こっち」

路有さんのあとをついて寝室を出ると、広めのリビングダイニングに出た。屋台バーと同じく自宅もおしゃれで、渋いミッドセンチュリー風にまとめてある。初めてなのに、どこか懐かしい感じがするのが不思議だったが、用を足しているときに気づいた。

「ここ、縁切りマンションですよね」

「ああ、わかった？」

リビングに戻ると、路有さんはソファでコーヒーを飲んでいた。所帯感あふれていた当時のうちとはセンスが段違いだが、間取りや大きな掃き出し窓から見える景色が同じだ。

「昨日は家に帰せない感じだったから。親御さん心配してるかな」

「泊まるかもって言っておいたんで大丈夫です。それに夜中に泥酔して帰宅なんて、親に心配をかけずにすんで助かりました。迷惑かけてすんません」

失恋したその日に縁切りマンションに運び込まれるとはなんの因果だろう。母親にばれたら、それ見たことかとあきれられるに違いない。落ち込んでいるとチャイムが鳴った。路有さんが玄関に出ていき、おじゃましますと桃子さんの声が聞こえてきた。

「おはよう。基くん、気分どう？」

リビングに桃子さんが顔を出し、俺は気をつけの姿勢で頭を下げた。

「おはようございます。昨日は迷惑かけてすみませんでした」

「いいのいいの。わたしも二回もほっぺたぶっちゃってごめんね。あのあと基くん土下座で大泣きしはじめちゃって、お詫びに朝ご飯作りにきたのよ」

桃子さんがスーパーの袋をキッチンカウンターに置いた。

「まあもうお昼だけど。さっぱりと素麺にでもしましょうか」

「あ、いえ、今ちょっと食べられる感じじゃ――」

「桃子さん、俺も手伝うよ。この茄子はどうすればいいの？」

「じゃあ二つ割りにして、斜めに切り込み入れてください」

桃子さんと路有さんはさっさと調理に入ってしまった。

「あの、俺もなにかお手伝いを」

「基くんは休んでて」

ふたりがハモり、俺は小さくなってソファに座り直した。

ミネラルウォーターをちびちび飲みながら、所在なく窓に目をやった。空が青い。今日もいい天気だ。俺はなにもかもを失くしたというのに、世界は営みをやめない。醤油と砂糖と出汁の匂いがしてくる。飯など食いたくもないし、なんなら誰かもう俺を殺してくれ。

自己嫌悪と闘っていると、またチャイムが鳴った。路有さんが出ていかないうちに玄関から鍵の回る音がして、おじゃましまーすと元気な女の子の声がした。

「こんにちはー、あ、いいにおーい」

鼻をくんくんさせながら入ってきたのは先日会った女の子で、確か百音ちゃん。大きなスイカを抱えていて、あとから統理さんも現れた。やあと挨拶され、どうもと頭を下げた。

「基くん、昨日、ふられたんだってね」

百音ちゃんの言葉に、飲んでいたミネラルウォーターを喉に詰まらせた。俺は咳き込んで答えられず、統理さんがたしなめるように百音ちゃんの頭をこづく。桃子さんは聞こえないふりをしていて、路有さんは苦笑いをしている。洩らしたのはどちらだ。

「あ、基くんが失恋したのしゃべったのは基くん本人だからね。昨日の夜、酔っ払ってる基くんを運ぶのに統理も手伝って、基くん大声でいろいろ叫ぶからわたしも起きちゃったの」

恥で死ねるなら即死するだろう。俺は顔を上げられなくなった。

「基くん、元気出してね。また素敵な女の子と出会えるよ」

百音ちゃんが隣にちょこんと座る。ストレートな慰めはいっそ清々しい。

「ありがとう。でも今の状況じゃ無理だ。せめて働かないと」

「え、基くんってニートなの？」

このおじさんヤバい——という顔をされた。

「百音、基くんは病気療養中なんだよ」

「あ、そうなんだ。だったらしかたないよ。わたしも病気のときは学校休むもん」

小学生の子供にいたわられる自分が情けない。落ち込みはいまや地球の裏側を突き抜け、成層圏を突破し、宇宙空間へと飛び出していく。ここには光も音もない。漆黒(しっこく)の闇の中を漂いながら、だんだんと投げやりな気分になってきた。もうどうとでもしてくれ。

「ありがとう。でもいつ治るかわからないんだ。下手したらこのまま一生ニートかもしれない。好きこのんでニートとつきあう女はいないだろうし、結婚できないだろうし、子供もできないし」

「うーん。お仕事してないとお嫁さんは見つけづらいよね」

ズバッと断られた。この子は十歳かそこらにみえるが——。

「やっぱり女は結婚が絡むとシビアだな」

俺が言うと、

「当たり前じゃないか」

と路有さんと統理さんから突っ込みが入った。

桃子さんや百音ちゃんならともかく、予想外の方向からだったので戸惑った。路有さんがテーブルに皿を並べながら言う。

「男も女も関係なく、そこはシビアに考えるよ。みんな幸せになりたいからね」

「……ですよね」

納得だ。みんな幸せになりたい。この人となら幸せになれると信じて結婚する。この人とならば不幸になってもいいと思ってする結婚もあるが、そこまで決意できるのはそれなりの試練をかいくぐった上での強固な愛があればこそで、今の俺には試練をかいくぐる力もない。

「でも、わたしがこの人を幸せにしたいと思ってする結婚もあるんじゃない？」

桃子さんが茹で上がった素麺をザルにあげる。もうもうと立ち上がる湯気。

「包容力ありすぎて、進んで駄目なやつに引っかかるパターンか。たまにいるな。駄目男や駄目女にばかりひっかかるやつ。それで余計に相手を駄目にしたり」

路有さんが言い、おまえのことだなと統理さんが無表情に突っ込んだ。

「幸せになるパターンもあるわよ。学生結婚したあと会社勤めしながら院生の旦那さんを養ってた友達がいるけど、旦那さん今はシンクタンク勤めですごく稼いでる上に愛妻家なの」

「それは貴重な成功例。桃子さんは包容力ありそうだから特に気をつけて」

「大丈夫。稼ぎはともかく、心が自立してる人が好きだから」

「心の自立は大事だね。最近は自分で自分の面倒みられないやつ多いから」

「それは俺のことですか？」

問うと、路有さんと桃子さんが俺を見た。

「病気の人は除外よ」

「そう、今のは元気な人の話」

笑顔で訂正を入れられ、俺はすとんとソファにもたれた。

投げやりが行きすぎて、逆に気が楽になってきた。ここの人たちはみなマイペースで、俺に妙な気を遣わない。見下げもしない。俺は俺のままここにいられる。うつな俺のままで。

「基くん、ご飯できたよ。少しは胃になにか入れたほうがいい」

統理さんに声をかけられ、はーいとガキみたいな返事をしてテーブルに着いた。食欲なんてなかったが、並んでいる料理を見て、あ、と声が出た。茄子素麵だ。

「昔よく祖母ちゃんが作ってくれたやつだ」

茄子と油揚げを甘辛く炊いたものを煮汁ごと素麵にかけたもの。

「坂口くんの好物だったのよね」

「うん、夏になると実家でもよく出た」

なのにすっかり忘れていた。なぜだろうと考え、兄が死んで以来、母親がこれを作らなくなったのだと気がついた。今年は家庭菜園で茄子がたくさん獲れたと言っていたのに。大切な人を亡くすということは、あらゆる場所に目に見えない傷をつけられることだ。

「いただきます」

手を合わせ、二十年以上ぶりに茄子素麵を食べた。ああ、そうだ、この味だ。懐かしい。俺は普通に薬味で食べる素麵が好きだが、味覚以外のものに舌とは別の場所を揺さぶられる。あのケーキと同じく、当時を思い出す記憶装置のようなものだ。

「これおいしーい。お肉入ってたらもっとおいしいのに」

百音ちゃんは茄子素麺を食べるのは初めてのようだった。

「茄子はごま油で焼いてるし油揚げも入ってる。肉を入れたらくどくなるんじゃないか」

「統理と違って、わたしは食べ盛りなんだよ」

なるほどとうなずき、統理さんが大きな茄子を百音ちゃんの皿に盛ってあげる。

「統理さんとこって変わってますね」

「そう?」

「お父さんやパパじゃなくて、名前呼びってかなり珍しいですよ」

しかも呼び捨てときている。

「うちは実の親子じゃないんだよ」

ぎょっとした。まさかの地雷を踏んでしまったか。

「わたしの本当のお父さんとお母さんは、わたしが五歳のときに事故で死んだんだよ。それで統理が引き取ってくれて、そのときぼくたちらしくやってこうって約束したの」

百音ちゃんがさらりと笑顔で話したことに俺は絶句した。五歳で両親を——。なんと答えていいのか戸惑っていると、桃子さんが普通の素麵つゆと薬味を出してくれた。

「基くんはつゆで食べるのが好きだったでしょう？」

「ありがとうございます。俺の好みまでよく……」

「いつも坂口くんが言ってたの。茄子素麵のほうが百倍おいしいのに、普通の素麵が好きだなんて基は人生を損してるって。そういうかわいそうなとこがかわいいんだって」

「完全に馬鹿にしてますよね」

「ううん、本当に基くんのことがかわいくてしかたなかったのよ」

桃子さんは懐かしそうに目を細める。兄が語ったそんな他愛ない言葉を大切に抱えているなんて、この人はやはりまだ兄を愛しているんじゃないだろうか。

昼食のあと、屋上でスイカ割りをしようと百音ちゃんにぐいぐい腕を引っ張られた。

二十年以上ぶりの屋上神社は記憶よりもこぢんまりとしていて、けれど記憶よりも美しい場所だった。統理さんが物置から日除けの大きなパラソルを持ってきてくれたので、俺は陰になったベンチに座ってスイカ割りに興じるみんなを眺めた。

匂い立つ濃い緑の中で百音ちゃんが張り切ってバットを振り回し、お参りにきていた人たちも珍しそうに寄ってくる。ちょっと待てと統理さんがスイカの下にシートを敷く。よく気のつく人だ。ああいう人の奥さんは大変だろう。そういえば統理さんの奥さんをまだ見たことがない。俺は首をひねり、まあいいかと流した。みんないろいろあるものだ。

汗の滲んだ肌の上を風が通りすぎていく。ひんやりとした心地よさに俺は目を閉じた。妙な安心感にうつらうつらしていると、隣に誰かが座る気配がした。桃子さんだった。

「スイカ割り、しないんですか？」

「日焼け止め持ってきてないの。こんな炎天下にずっと立ってる勇気はないわ」

「女の人は美白に命懸けますよね」

「美白よりもシミ防止の年齢だけどね」

笑う桃子さんの右目の下に小さな茶色い点がある。ほくろかシミかわからないけれど、それは桃子さんに似合っている。うまく言えないが、彼女の持ち物だという気がする。

「基くん、ここにくるの久しぶりなのよね」

「幼稚園のときに引っ越して以来なんで、二十八年ですかね」

ほとんど三十年かと思うと、俺も年を取ったなあと老人みたいな感慨が湧いた。

「ここは神社っていうより庭園ですね。下がコンクリだから、よっぽどマメに手入れしないとこんな景色にならないのにすごいな」

「そうなの？」

「根を定着させ続けるのって難しいんですよ。土も定期的に入れ替えて、肥料の配合も天候を見ながら変えていかなきゃいけないし」

「詳しいのね」

「ゼネコンもデベロッパーも、今は都市部の特殊緑化技術に力を入れてるから」

「大変なお仕事ね」

「うん、大変なんだよ」

なんだか子供のような口調になってしまった。でも桃子さんは兄の恋人だし、お漏らしを庇ってくれた人だし、天気もいいし、ここは気持ちいいし、もういいか。

「元気になったら、また同じお仕事をするの？」

「そのつもりだけど」

答えながら見上げた空があまりに青くて、眩しくて、

「……もう、無理かなあ」

考える前に言葉がこぼれてしまった。

ああ、俺は、ついに口にしてしまった。

もうがんばりたくないことを、ついに認めてしまった。

早く病気を治したいと思っている。早く再就職したいと思っている。キャリアを無駄にしてたまるかと思っている。でなければ、なんのために今までがんばってきたのか。すべてが無になってしまう。でも本当はもう嫌だった。俺は、あの場所に、もう戻りたくなかったのだ。

視界が滲んできて、さりげなく目元をぬぐった。あとからあとからあふれてくる。桃子さんは気づいているのか気づいていないのか、なにも声をかけてこない。

「桃子さん」

「なあに」

「兄貴のこと、まだ好きなの？」

なぜか、どうしても、訊きたくなった。

「好きよ」

桃子さんはあっさりとうなずいた。

「羨ましい」

一途すぎる女は怖い。でも今は本心から兄が羨ましかった。自分は半年やそこら離れてしまっただけで駄目になったのに、兄は存在ごと消えて二十年以上、なのにまだ愛されている。支えてもらえない、声も聞けない、顔すら見られないのに。

「それで幸せなの？」

ずっと亡くなった人を想い、ひとりで生きていくつもりなのか。後悔しないのか。怖くないのか。余計なお世話も極まれりな質問だが、俺は切実に知りたかった。

「幸せかどうかはわからないけど、本当に本当に悲しくて不幸な状態に居続けられるほどわたしは強くないから、今、少なくとも不幸ではないんだと思ってる」

桃子さんは話しながら、スカートの膝を手のひらできゅっと包み込んだ。

「でもこれから先はわからない。いつか悲しくなるかもしれないし、そうなったら変えていかざるを得ないけど、どう変えていくかは、そのときにならないとわからないわね」

なにげなく話しているけれど、つかまれたスカートの膝にやんわりと皺が寄っていく。

「だからそのときがくるまで、ちゃんと坂口くんを想っていたいの」

わたしはそう生きていくの、という強い意志が伝わってきた。

それは意志の力で抑え込まなければいけない不安を内包している、ということだ。

みんな当たり前のように、それぞれ不安がある。

うつの俺と同じく、亡くした恋人を想い続ける桃子さんにも、血のつながらない百音ちゃんを引き取って育てている統理さんにも、同性が愛の対象である路有さんにも、元気いっぱいにスイカ割りに興じている百音ちゃんなど五歳で両親を亡くしていて――。

「桃子さんといると、なんだかほっとします」

そう言うと、桃子さんがこちらを見た。

「それは、わたしがなにも持ってないからよ」

わずかに目を見開いた俺に、桃子さんは小さく笑った。困った子供を見るような目に、俺はじわじわと羞恥に襲われた。うつむく俺に、ほんと真面目ねえと桃子さんは息を吐いた。

「なにも持ってないのは哀れかもしれないけど、気楽でいい場合もあるのよ」

「……すんません」

「持ってることでつらくなるなら、基くんも切ってもらったら？」

「切って？」

「ここ縁切り神社だから」

そうだった。奥にある祠の横には紙の形代が用意してあり、それに縁を切りたいものの名を書いてお祓い箱に入れておくのだ。子供のころ俺は『宿題』と書いた形代を、兄はひどい点数の答案用紙を入れたことがある。答案用紙は宮司さん経由で母に戻され、兄はこっぴどく叱られ、俺も宿題とは縁を切れなかった。あのころは無邪気だった。

「縁を切りたいものがあったら、基くんも切ってもらったら？」

「切りたいものか」

一番縁を切りたいものといったらうつに決まっているが——。

そのとき、えいやーっと百音ちゃんの声が青い空に響き、次の瞬間、すごい勢いで飛んできたなにかが俺の頭に当たった。衝撃と共になにかが飛び散る。きゃっと桃子さんが声を上げ、俺のこめかみから液体が垂れてきた。

「血……っ？」

慌てて触れてみると手が濡れた。血ではない。透明で青くて甘い香りがする。

「ごめーん、基くん、大当たりー」

バットを振り回す百音ちゃんの足下には、ぱっかりと割れたスイカがあった。叩き割ったときに欠片が飛んできたらしく、髪先からぽたぽたとスイカの汁が滴ってくる。

「基くん、大丈夫？」

桃子さんが髪についているスイカの欠片を取ってくれた。一緒に種が落ちてきて、昨日から着っぱなしのシャツの胸にぺとりと貼りつく。はあ……と頼りない息が洩れた。は、は、と続けて洩れる。肩を揺らしながら、どうして笑っているのか不思議だった。

俺の両手にはなにもない。それはもう清々しいほどのからっぽさだ。

「大丈夫？」

さっきとは別の意味で桃子さんが訊いてくる。

「大丈夫です。すんません。なんかツボに入っちゃって」

ゆらゆら揺れながら笑っていると、尻のあたりになにかが当たった。パンツのポケットに入っているピルケースだ。以前は二種類。先月から一種類に減った。

縁を切りたいもの——。

これをお祓い箱に入れようかと思ったが、やめた。

これは今の自分を支えてくれているものなので切れない。

じゃあ、なにを切ろう。

考えたが、切るものなどなにもなかった。

うつになってから、あらゆるものと縁が切れていった。それらが本当に必要なのかどうか。もう一度縁を結びたいものなのかどうか。見極めるにはもう少し時間がかかるようだ。

「基くん、ごめんね。えへへ、これどうぞ」

百音ちゃんがやってきて不揃いな形のスイカをくれた。

「ありがとう」

俺はぬるい果実をかじった。尻ポケットから薬を取り出して、薄く甘く青い味と一緒に飲み込んだ。こんな小さな錠剤に支えられている自分はなんてちっぽけなんだろう。

そうして俺は、ようやく、こんな自分をもう一度愛してやろうと思えたのだ。

わたしの美しい庭

Ⅱ

夏休みが終わるという、恐れていた事態についになってしまった。

宿題は統理と路有に手伝ってもらってかたづけたし、工作の人形作りは桃子さんに手伝ってもらってかわいく仕上がったし、読書感想文は大好きだから問題なし。

問題はこの気分のノらなさだ。

二学期がはじまって三日目の五時間目、しかも道徳の授業。クラスメイト全員から、眠い、帰りたい、という無言のビームが先生に向かって発射されている。前の席の子からプリントが回ってくる。今日の議題は——。

「今日は『思いやり』について話し合いたいと思います」

みんなの眠いビームは出力マックスになった。

プリントには短い話が載っている。アイコちゃんとユウコちゃんは親友同士です。アイコちゃんは本を読むのが好きで、図書館をよく利用します。ユウコちゃんはアイコちゃんともっと仲良くなりたくて、アイコちゃんが次に読みたいと言った本を先に借り、その話がどれだけおもしろかったかアイコちゃんに教えてあげるようになりました。ユウコちゃんはアイコちゃんと本について話をできることが嬉しく、それからも次々とアイコちゃんが読みたいという本を借りて読みました。ある日アイコちゃんから怒られました。

――わたしが読みたい本を先に借りないで。

ユウコちゃんは理由がわからず悲しくなりました。

「アイコちゃんはどうして怒ったんだろう？」

先生が黒板に問題点を書き上げ、振り返ってわたしたちに問いかけた。

――どうしてもなにも、全部、嫌だからでしょ？

これから読もうと思っている本の内容をバラされたら楽しみがなくなっちゃうし、自分はなんにも調べないで横取りするのもモヤモヤする。それがわからないんだとしたら、ユウコちゃんは想像力がなさすぎる。ああ、思いやりって想像力のことかもしれない。

みんなが意見を出し合い、思いやりとはなにかを話し合った。そして残り時間五分を切ったあたりで、そろそろ答えが出たかなと先生がまとめに入った。

「思いやりとは、自分がされて嫌なことを人にもしないことです」

今日の授業について感想文を書くことが宿題に出され、やっと二学期三日目が終了した。

仲のいい子たちと下校しながら、みんなで『嫌なこと』について話しあった。

「あたしは留守番が嫌だなあ」

サトちゃんが言う。サトちゃんのお母さんは、サトちゃんも五年生になったんだからという理由で、以前勤めていた会社に復帰したそうだ。夜中にトイレで目が覚めたとき、サトちゃんはお父さんとお母さんが話をしているのを聞いた。お母さんは生き甲斐がほしいと言っていた。お母さんがビールを飲んでいるところをサトちゃんは初めて見たという。

「生き甲斐ってなに？　帰っても誰もいないし、いつも疲れたって言ってスーパーのおかずチンのときあるし。そんなに疲れるなら働かなきゃいいのに」

「えー、ひとりのほうが好きなだけユーチューブ見れて羨ましい」

「そうだよ。うちのお母さんなんてゲームするな勉強しろってすごく口うるさいよ。たまに休みの日はお父さんがご飯作ってくれるけど、お母さんそれにも文句言うんだから。こんなにいいお肉使ったらおいしいに決まってるでしょとか、後かたづけもちゃんとしてよとか」

お母さんの言い分もわかる、とわたしは思ったけれど黙っていた。よそのおうちのことに口を出すのはよくない、とわたしは経験から学んでいる。みんな事情があるものだ。

「お父さんがご飯作ってくれるっていいね。うちのお父さんなんもしないよ」

「うちも。ごろごろテレビ観てるだけ」

「お昼間は働いてるんじゃない？　たまにおみやげ買ってきてくれるけど」

みんながお父さんやお母さんについて話す中、サトちゃんがはっとわたしを見た。

「見たことないもん。ごめん、百音ちゃん」

いきなり謝られ、わたしはきょとんとした。

「百音ちゃん、お父さんとお母さんいないんだよね」

他のみんなもはっとした。ごめんね、わたしたち思いやりがなかった、嫌なこと言っちゃったと口々に謝られ、わたしはきょとんとしたまま、いいよいいよと首を横に振り続けた。


屋上神社でおやつを食べていると、水遣りを終えた統理と路有が戻ってきて、やれやれと腰を下ろした。今年はすごい暑さで、屋上にはまだサルビアや百日草が咲いている。

「もう九月だってのにいつまで暑いんだ」

「オーストラリアで道路が溶けたらしい」

「ここが溶けないことが不思議だな」

ふたりは水を張ったバケツの中から蜜柑ゼリーを取り出した。わたしはお先に白桃のゼリーを食べている。つつき回すばかりで、やわらかいゼリーはどろどろになっている。

憂鬱なわたしの目の前を、ユヅルくんが通りすぎていく。一日一度は必ずお参りにくる氏子のお婆ちゃんと手をつないでいる。ユヅルくんは幼稚園の年長さんで、大人になったらわたしをお嫁さんにもらいたいと言う。わたしはもらってくれなくていいと答える。誰のお嫁さんになろうと、わたしはわたしのものだ。誰にもあげたくない。百音ちゃーんとユヅルくんが手を振ってくる。わたしは頰杖(ほおづえ)をついたまま、適当に手をひらひらと振り返した。

「どうした。なんか機嫌悪いな」

路有がわたしのほっぺたをつついてくる。

「思いやりってなんなのか、ずっと考えてるの」

「なにかあったのか?」

統理が蜜柑ゼリーのシール蓋を剝がしながら訊いてくる。

「道徳の授業のテーマだったの。感想文の宿題も出た」

「難しいテーマだ。それで悩んでるのか」

「悩んでるっていうか」

わたしは今の気持ちのようにぐちゃぐちゃにゆるんだゼリーを見つめた。

「なんかよくわかんない。ちょっと嫌な気持ちなの」

「嫌な気持ち？」

どう説明すればいいのか、考えながら話してみた。わたしの本当のお父さんとお母さんは死んでしまった。それは悲しいことだけど、代わりに統理と路有がいる。けれど本当のお父さんとお母さんがいるみんなにとって、親が死んじゃって赤の他人のおじさんと暮らしているということはあきらかな不幸であり、だからわたしの前で親の話をしたことを謝った。自分がされて嫌なことを人にもしないという思いやりのルールに則って、みんなわたしを思いやってくれたのだ。みんな優しい。わたしはみんなが好き。それは間違いない。

「なのに、なんでわたしは嫌な気持ちになってるのかな」

「本当にわからないのか？」

わたしはゼリーを見つめ、静かに首を横に振った。

わかっている。でもわかりたくない。わたしはみんなの話を普通に聞いていたのに、勝手に思いやられて、かわいそうな子扱いをされたことにむっとしている。でもそう言えなかった。わたしはかわいそうじゃないなんて、言えば言うほどかわいそうな子になっていくようで。

「わたし、優しくしてくれてありがとうねって思えばいいのかな」

「そんなことを思う必要はない」

「でも優しくされたのに嫌な気持ちになるなんて、間違ってるんだよね？」

「間違ってない。百音の感情は百音だけのものだ。誰かにこう思いなさいと言われたら、まずはその人を疑ったほうがいい。どんなに素晴らしい主義主張も人の心を縛る権利はない」

統理は静かに、けれどきっぱりと言い切った。

「じゃあ先生が間違ってるの？」

「間違ってない。ただ、段階を踏むことが大事なんだと思う。算数だって最初からかけ算なんてできないだろう。足し算引き算と順番に教えてもらう。今は足し算の段階なんだ」

「誰も間違ってないのに、わたしだけ嫌な気持ちになるの？」

そんなの不公平だと唇を尖らせると、統理はもっともだとうなずいた。

「本当に不公平だ。でも百音は人よりたくさんのものを持ってる。その分、考えることも増える。考えることは百音の頭や心を強く賢くしてくれる。それはいいことだよ」

「たくさんのもの？」

わたしは首をかしげた。

「わたしはお父さんもお母さんもいないし、それってわたしは人より持ってないってことなんじゃないの？　だからみんなわたしをかわいそうって思うんでしょう？」

「失うことや持ってないことで得られるものもあるんだ」

ますます意味がわからなくなった。

「そうそう、俺も一時はスッカラカンになったけど、今はたくさん得てるぞ」

路有はゼリーを食べながらのんびりと空を見上げる。

「路有がスッカラカンだったときのこと覚えてる」

彼氏にふられて、うちのリビングでダンゴ虫のように毛布にくるまっていた。

「あのときは百音にも世話になった。ありがとうな。でもそれよりもっと前から俺はいろいろ失くしてきたし、でも失くしっぱなしじゃなくて、たくさん得てきたんだ」

「路有はなにを得たの？」

「友達、今の屋台バーの仕事、新しい彼氏、統理や百音のお隣さん生活も楽しいし、昔とちがって、自分に嘘をつかずに生きていけることも健康的でいい」

路有はにこりと笑う。確かに路有は毎日楽しそうで、そこは疑う余地がない。失うことで逆に得られるものがある、というのはやっぱりちょっとまだ不公平な気もするけれど、わたしはほんの少し気持ちが晴れた。嫌な思いをすることも、まるっきり無駄ではないということだ。

「けど『俺が嫌なことはみんなも嫌』は、最初の考え方としてどうなんだろう。『俺が嫌なのに、なんでおまえは好きなんだ』って疑問が湧くんじゃないかな。そこで話し合えればいいけど、短気なやつだと『俺が正しい。おまえは間違ってる』って喧嘩になりそうだ」

路有が言い、統理もうなずいた。

「できれば『ぼくたちは同じだから仲良くしよう』より、『ぼくたちは違うけど認め合おう』のほうを勧めたい。次の授業では、ぜひそこまで進めるよう先生にがんばってもらいたい」

「次の次では、『それでも認められないときは黙って通りすぎよう』だな。『無駄に殴り合って傷つけ合うよりは、他人同士でいたほうがまだ平和』ってあたりまで」

「結果として、世界は穏やかに分断されていく」

「終わりも正解もない話だな」

「小学生相手にこんな難しいテーマに取り組まなきゃいけないなんて、教師は大変な仕事だ」

ふたりはゼリーを食べながらおしゃべりをしている。よくわからないところも多いけど、ふたりの話を聞いていると、散らかっていた心が少しずつ整頓されていくように感じる。

「百音はどう思う？」

そしてわたしにも意見を訊いてくれるので、置いてきぼりにされた気がしない。

「認め合うのが大事だっていうのはわかった」

「それはよかった」

ふたりが微笑んでうなずく。

「わたしと統理って、普通なら認め合ったり仲良くできない関係なんでしょ？」

「うん？」

「前に近所のおばさんたちが言ってた『なさぬ仲』ってそういうことなんだよね。わたしもあのころより賢くなったから、いろいろわかるようになった。わたしは本当なら引き取りたくない子供だったってことも」

「百音、それは違う」

統理が顔色を変えたので、大丈夫、とわたしは急いで続けた。

「なんで統理がわたしを引き取ってくれたかはわからないけど、誰と誰が手を取り合ってもいいんだって、それが世界を救うんだってこともわかったもん」

「え？」

「認め合うって、そういうことなんでしょう？」

統理は目を白黒させた。

どうやら統理は自分が言ったことを忘れているらしい。

あれはお父さんとお母さんのお葬式のあと、初めて統理に会った日のことだった。

――はじめまして。これから百音ちゃんのお父さんになる国見統理です。

自己紹介をしたあと、少し考えるような顔をして統理は続けた。

――お父さんと思えなかったら、無理に思わなくてもいいんだ。でもこれからひとつ屋根の下で暮らすことになるから、できるだけ協力し合って気持ちよく暮らしていきたいと思ってるよ。

ヒトツヤネノシタってなんだろう。わたしは首をかしげた。

――おじさん、だれ？　お父さんとお母さんのお友達？

――友達ではない、かな。

――じゃあお兄ちゃん？　弟？

――お兄ちゃんじゃないし、弟でもない。

――じゃあ、おじさんは百音のなに？

統理の横にいる児童相談所の職員さんは困った顔をした。しばらく黙ってわたしと見つめ合ったあと、統理は意を決したように姿勢を正した。

——百音ちゃん、事実というものは存在しません。存在するのは解釈だけです。

——かいしゃく？

——そう、これはニーチェという人の言葉です。

——にいちぇ？

——ぼくと百音ちゃんは血がつながっていない。他にもたくさんの事情があって、これからぼくたちのことをいろいろ言う人がいるかもしれない。でもそれはその人たちの解釈であり、ぼくと百音ちゃんがなんであるかは、ぼくと百音ちゃんが決めればいい。

わたしは外国の絵本を見るように統理を見つめた。

ぽかんとしているわたしに、統理はさらに続けた。

——手を取り合ってはいけない人なんていないし、誰とでも助け合えばいい。それは世界を豊かにするひとつの手段だと、少なくともぼくは思っています。

さっぱりわからないまま統理の話は終わり、わたしは小さく口を開け続けた。

——あの、国見さん、百音ちゃんはまだ五歳ですから。

児童相談所の職員さんが遠慮がちに統理に囁いた。

——そうですよね。

統理はうなずいたものの、それ以上どう説明していいのかわからないようだった。大ピンチな表情がかわいそうで、わたしはおそるおそる手を差し出した。

——わかった。じゃあ、これから仲良くしてね。

——ああ、よろしく、百音ちゃん。

統理がほっとした笑顔でわたしの手を取った。ごつごつしていたお父さんの手とは違う、すんなりと薄くて、けれど大きな温かい手だった。

——よろしくね、とーり。

そう呼ぶと、職員さんが「百音ちゃん、お父さんよ」と小声で言った。

今度はわたしが困った。わたしにとってお父さんは死んだお父さんだけなので、初めて会った人をお父さんとは呼べない。いいんだよ、と統理がつないだ手に力を込めた。

——呼び方も暮らし方も、これからふたりでひとつずつ作っていこう。

あの日から、わたしと統理の手はずっとつながれている。

ぼくと百音ちゃんがなんであるか——については、実を言うと今でもよくわからない。

もう十歳なので『事実』は知っている。統理とわたしのお母さんは結婚していたけれどお別れして、お母さんはわたしのお父さんと二度目の結婚をした。

つきあっているふたりが別れるのは、もう好きじゃなくなったからだ。クラスでつきあったり別れたりしている子たちはそうだ。そして別れると急にしゃべらなくなる。中には相手の悪口を言い出す子もいる。別れると好きじゃなくなるどころか、嫌いになったりもするそうだ。

だったら、統理はどうしてわたしを引き取ってくれたのかな。わたしは嫌いになっちゃったお母さんの子供なのに。さっぱりわからなくて理由を尋ねたことがある。

——統理は、わたしのお母さんのこと嫌いなんでしょう？

あのとき統理はひどく驚いた。

——百音のお母さんを嫌いになんてなってないよ。

——じゃあ、どうして別れちゃったの？

統理は説明しようと口を開いたけれど言葉は出てこず、わたしの頭に手を置いた。

——その話は、百音がもう少し大人になってからしよう。

——今じゃ駄目なの？

——大切なことだから、百音に伝えるために準備する時間がほしい。

統理は子供相手でもごまかすということをしない。きちんとした言葉で説明してくれる。その統理が『時間がほしい』と言った。統理にとってお母さんとのことは、話すのに準備期間がいるほど大切なことなのだ。それがわかったからわたしは安心してうなずくことができた。

思い出していると屋上の扉が開いて、こんにちはーと桃子さんと基くんが現れた。

「ふたりおそろいでどうしたの？」

路有が尋ね、ふたりはそれぞれ紙の形代を取り出した。お祓いにきたらしい。最近ふたりは仲良しで、たびたび一緒に路有のバーに飲みにくるのだという。今は桃子さんは午後診療前の休憩中で、基くんはこれから患者として桃子さんの病院に行く。

「アイスティー淹れるから、あとで寄っていきなよ」

「ありがとう。路有くんのお茶はおいしいから」

祠へと歩いていく桃子さんと基くんに、わたしもついていった。

「桃子さんたち、なにを切りにきたの？」

「お見合いの斡旋」

「再就職の斡旋」

どちらも断ると贅沢だと叱られるらしく、桃子さんと基くんの形代には『余計なお世話』と書かれてある。選択の自由がほしいとふたりは溜息をついた。ふたりがお参りをしている間にわたしも備え付けの形代に書き込みをし、お祓い箱に滑り落とした。

「百音ちゃんはなにを切ったの？」

「『へんな思いやり』」

答えると、わかる、と共感の目を向けられた。

わたしは桃子さんと基くんが好きだ。子供が生意気言わないの、なんてひとまとめに括ってかたづけたりしない。わたしをちゃんとわたしと認めて話をしてくれる。

わたしたちは笑みを交わし、ゆっくりと長く続く夏の午後、濃く生い茂る緑の小道を戻っていく。ガーデンテーブルでは統理と路有が二度目のお茶の準備をしている。透きとおる赤金のアイスティー。桃子さんと基くんが椅子に腰かける。

「こんにちは。毎日暑いわねえ」

テーブルの横をマンションの人たちや氏子さんたちが通り過ぎていく。

わたしたちもこんにちはと挨拶を返す。

中には挨拶をしてくれない人もいる。前髪の隙間からじろりとこちらをにらみ、人嫌いの熊のようにのそのそと祠へと歩いていくお姉さん。

「あの女の人、前もきてた。なにを切ってもらうのかな」

「さあ、なんだろう」

統理はなんでも答えてくれるけれど、お参りにくる人についてはなにも言わない。

ここにはいろんな人がくる。わたしと統理を実の親子のようと言う人もいるし、おかしいと指さす人もいる。仲良くしてくれる人もいるし、転がして遊べるおもちゃみたいに扱う人もいる。そういう誰かの『かいしゃく』とは関係なく、わたしは楽しく暮らしている。

冷たく甘いアイスティーを飲みながら、わたしはきらめく世界を眺めた。

毎日統理が手を入れ、守っている美しく善い庭。

わたしは、ここが、とても好き。

ぼくの美しい庭

それでは、よろしくお願いいたします——国見統理。

原稿データが添付されたメールを送信すると、どっと解放感が押し寄せてきた。ベランダへ出て伸びをするぼくを朝焼けの朱色が照らす。ああ、今回も無事に〆切を守れた。

いや、厳密には守れていない。遡ること五時間前の午前〇時が真の〆切だったのだ。しかし担当者が出勤する午前九時までならセーフだろう。それも企業担当者の場合で、出版社の編集なら出勤がもっと遅いので昼過ぎまでは許される——とぼくは勝手に思っている。

年々、時間を稼ぐための言い訳ばかりがうまくなる。そういう自分を反省する。しかし翻訳家と宮司と子育てというトリプルワークに従事する身として、これは生きる知恵と言っていいのではないか。考えている間にも、朝焼けの空が青く澄んでいく。

さてと気分を切り替えて部屋に戻った。無反省はいけないが、しすぎるのもよくない。過ぎたるは及ばざるがごとし、なにごともほどほどがよいと両親がよく言っていた。親の偉大さは自らの成熟度に伴って見えてくるのだと最近になってようやくわかった。

　コーヒーを淹れようとキッチンに入ったとき、炊飯器の保温ランプが目に留まった。なぜか嫌な予感がした。この胸騒ぎはなんだろう。おそるおそる蓋を開けると、生煮えで白く膨張した米が弱い湯気を上げていた。ぼくは静かに蓋を閉めた。

「……やばい」

　百音の教育に悪いのと、宮司としての慎みから禁じていた言葉を使ってしまった。言うまでもなく、犯人はぼくだ。昨日の夜に仕掛けておいたのだが、頭の中は訳しがたい英文に占領され、スイッチを押し間違えてしまったのだろう。原稿を上げた達成感は消え、自分への情けなさに肩が落ちる。ああ、ぼくという人間は……。

　――統理、過ぎたるは及ばざるがごとしだ。

　後悔の沼に沈んでいくぼくを父の言葉がすくってくれた。

　そうだ。今は後悔よりも対処を先に考えねば。時計を見ると五時半、もうすぐ朝食担当の路有が帰ってくる。棚をチェックしたがパンの余分はない。ということは、この生煮えの米を活用しなくてはいけない。頭の中を様々なレシピが流れていく中、天啓のように百音の声が響いた。

　――お粥パーティしようよ。

ああ、そうだ、少し前に百音がそんなことを言っていた。あのときはトマト粥だった。ぼくはおもむろにスマートフォンを取り出し、路有にラインを送った。

[鶏もも肉、瓶海苔、明太子、ザーサイなどご飯の友を買ってきてほしい]

おそらくもう帰宅の途についているだろうが、路有は気づいてくれるだろうか。間に合ってほしいと願いながら、生煮えの米を圧力鍋に入れて待った。

結果、首尾よく終わった。路有は理由も訊かず頼んだものを買ってきてくれたし、圧力鍋で中華風鶏粥はすぐに仕上がり、朝から楽しいねと百音は三杯もおかわりをした。

ぼくは安堵し、その途端、形代の補充を忘れていたことを思い出した。屋上神社の祠の横に置いてある形代が切れていると、昨日の夜、氏子さんからメールがきていたのだ。ちょっと行ってくると家を出たあと、備え付けのペンも取り替えようと思いついて家に戻った。仕事部屋へと向かうと、リビングから百音と路有の話し声が聞こえてきた。

「統理のやつ、ばれてないと思ってたな」

「うん、そわそわして、おいしいかって何回も訊いてくるからすぐわかった」

「メシ炊くの失敗したくらい、どうってことないのにな。パスタもホットケーキミックスもうどんもそばもあるし、なんならたまにはカップヌードルですませりゃいい」

「うわあ、それいい。朝ご飯がカップヌードルって憧れる」

「まあ無理だな。統理は栄養マンだから」

「統理はちょっと真面目すぎると思う」

「なにごともほどほどでいいのにな」

「あ、それ、こないだ習った。過ぎたるは及ばざるがごとしっていうやつ」

楽しそうなふたりの会話を背に、ぼくは羞恥を抱えて家を出た。

自分ではうまくやったと思ったのに、そのうまくやった感も含めて見抜かれていたとは二倍恥ずかしい。屋上の祠に形代とペンを補充したあと、祠に向かって手を合わせた。

御太刀さま、どうかぼくに中庸をお与えください——一心に祈りを捧げ、ふっと息を吐いて振り返ると、父の代からの氏子さんご夫妻が立っていた。おふたりとも喜寿を越していて朝が早い。これは失礼しましたと、急ぎ祠の前を空けた。

「いいのよ。こんな朝早くから熱心に祈ってるから声をかけなかったの」

「失礼しました。少し心にかかることがあったので」

そう言うと、ご夫妻そろってあらあらまあとという顔をされた。

「統理くんは本当に真面目ね。いいことだけど、ほどほどにしないと疲れちゃうわよ」

「そうだよ、統理くん。なにごとも過ぎたるは及ばざるがごとしだ」

まさしくそれを祈っていたんです——とは言えなかった。

険しく遠い中庸への道のりを思い、ぼくは曖昧な笑みを浮かべた。

参考文献

『茨木のり子詩集』谷川俊太郎選（岩波文庫）

本書は、二〇一九年十二月にポプラ社より刊行されました。
「ぼくの美しい庭」は〈凪良ゆう書店応援ペーパー〉に収録されたものです。

わたしの美しい庭

凪良ゆう

2021年12月 5 日　第1刷発行
2024年10月29日　第8刷

発行者　加藤裕樹
発行所　株式会社ポプラ社
〒141-8210　東京都品川区西五反田3-5-8
JR目黒MARCビル12階
ホームページ　www.poplar.co.jp
フォーマットデザイン　bookwall
組版・校正　株式会社鷗来堂
印刷・製本　中央精版印刷株式会社

N.D.C.913/311p/15cm　ISBN978-4-591-17206-3

P8101435